El hijo del siciliano

Sharon Kendrick

Bianca™

HARLEQUIN™

Editado por HARLEQUIN IBÉRICA, S.A.
Núñez de Balboa, 56
28001 Madrid

© 2008 Sharon Kendrick. Todos los derechos reservados.
EL HIJO DEL SICILIANO, N.º 1926 - 10.6.09
Título original: Sicilian Husband, Unexpected Baby
Publicada originalmente por Mills & Boon®, Ltd., Londres.

I.S.B.N.: 978-84-671-7174-7
Depósito legal: B-16375-2009
Editor responsable: Luis Pugni
Preimpresión y fotomecánica: M.T. Color & Diseño, S.L.
C/. Colquide, 6 portal 2 - 3º H. 28230 Las Rozas (Madrid)
Impresión y encuadernación: LITOGRAFÍA ROSÉS, S.A.
C/. Energía, 11. 08850 Gavá (Barcelona)
Fecha impresión para Argentina: 7.12.09
Distribuidor exclusivo para España: LOGISTA
Distribuidor para México: CODIPLYRSA
Distribuidores para Argentina: interior, BERTRAN, S.A.C. Vélez
Sársfield, 1950. Cap. Fed./ Buenos Aires y Gran Buenos Aires,
VACCARO SÁNCHEZ y Cía, S.A.
Distribuidor para Chile: DISTRIBUIDORA ALFA, S.A.

Capítulo 1

EMMA sintió un escalofrío de auténtico pánico mientras miraba al hombre rubio que estaba frente a ella, pero trató de disimular. No quería que la viera asustada.

—Yo no puedo pagar un alquiler más alto, Andrew. Tú lo sabes.

Él se encogió filosóficamente de hombros.

—Y yo no tengo un albergue benéfico. Lo siento, Emma, pero por esta casa podría pedir cuatro veces más de lo que te cobro a ti.

Como un robot, ella asintió con la cabeza. Sí, era cierto. Una casa tan bonita en un bonito pueblo inglés... se la quitarían de las manos. Por lo visto, últimamente todo el mundo quería vivir en el campo.

Andrew vaciló un momento.

—¿No puedes pedirle el dinero a alguien? ¿Qué pasa con tu marido?

Emma se levantó de inmediato. La sola mención del hombre con el que se había casado tenía el poder de angustiarla. Pero no había sitio para debilidades en su vida, ya no. Sencillamente, no podía permitírselo.

–Eres muy amable por preocuparte, pero eso es problema mío.

–Emma…

–Por favor, Andrew –lo interrumpió ella, porque nunca hablaba de Vincenzo, jamás–. O consigo el dinero para el alquiler por mi cuenta o tendré que irme a un sitio más barato, ésa es la única solución.

Sabía que había una tercera, y Andrew lo había dejado bien claro muchas veces. Pero no iba a salir con él sólo para que no le subiera el alquiler. Y, además, ella no estaba buscando novio.

No quería a nadie en su vida; no tenía ni sitio ni tiempo ni inclinación para buscar un hombre. Y el deseo había muerto en ella el día que dejó a Vincenzo.

En cuanto Andrew desapareció bajo el cielo gris de noviembre, Emma entró en la habitación para ver a su hijo.

Ya tenía diez meses. ¿Cómo era posible? Crecía por días, desarrollando su cuerpecito al mismo tiempo que su bien definida personalidad.

Gino había apartado el edredón con los pies y estaba agarrado a su conejito de peluche como si su vida dependiera de ello…

A Emma se le encogió el corazón. Si sólo tuviera que pensar en ella, no sería ningún problema. Había muchos trabajos en los que, además, ofrecían alojamiento y hubiera aceptado cualquiera de ellos.

Pero tenía que pensar en su hijo, Gino, que se merecía lo mejor del mundo. No era culpa suya que su nacimiento la hubiera colocado en una situación imposible.

La sugerencia de Andrew podría parecer perfectamente lógica, pero él no sabía nada sobre su matrimonio. Nadie lo sabía, en realidad. ¿Podría tragarse el orgullo y pedirle ayuda a su marido?

¿Tendría derecho legal a una pensión? Vincenzo era un hombre fabulosamente rico y, aunque había dicho que no quería volver a verla nunca más, ¿le pasaría una pensión si le pidiera el divorcio?

Cansada, se pasó una mano por los ojos. ¿Qué otra solución había? Ella no tenía titulación universitaria y la última vez que trabajó fuera de casa casi todo lo que ganaba era para pagar a la niñera. Y el pobre Gino no soportaba estar sin ella.

Por eso decidió hacer de su casa una pequeña guardería. Le había parecido lo más lógico; ella adoraba a los niños y era una manera de ganar dinero sin tener que dejar a su hijo con otra persona. Pero últimamente ni siquiera eso era suficiente para pagar las facturas.

Algunas madres se habían quejado de que la casa era demasiado fría. Dos de ellas incluso se habían llevado a sus hijos para no volver más y sus sospechas de que eso iba a provocar un efecto dominó pronto acabaron siendo ciertas. Ahora no había más niños que cuidar y, por lo tanto, no entraba dinero en casa.

¿Cómo iba a pagar la casa si Andrew le subía el alquiler?

Emma tenía ganas de llorar, pero no podía permitirse el lujo porque eso no resolvería nada. No había nadie que secara sus lágrimas y llorar era cosa de niños... aunque ella estaba decidida a que su hijo llorase lo menos posible. De modo que debía portarse como una adulta.

Pero cuando sacó la tarjeta de visita del cajón, su mano empezó a temblar al ver aquel nombre.

Vincenzo Cardini.

Debajo del nombre estaban su dirección y sus números de contacto en Roma, Nueva York y Palermo, pero también el número de su oficina en Londres, donde sabía que últimamente pasaba mucho tiempo.

Le dolía saber que Vincenzo era el propietario de un lujoso bloque de apartamentos en la mejor zona de la capital. Pensar que pasaba tanto tiempo en Inglaterra y ni una sola vez, ni una sola, se había molestado en buscarla, ni siquiera por los buenos tiempos...

«Pues claro que no», se dijo a sí misma. «Ya no te quiere, ni siquiera siente afecto por ti, eso lo dejó bien claro».

Aún recordaba sus últimas palabras, pronunciadas con ese frío acento siciliano: «Vete de aquí, Emma, y no vuelvas nunca más. Ya no eres mi mujer».

Había intentado hablar con él antes, no una vez,

sino dos veces, y en ambas ocasiones, Vincenzo se había negado a hablar con ella. ¿Volvería a ocurrir lo mismo?, se preguntó.

Pero le debía a su hijo seguir intentándolo. Le debía la seguridad que debían tener todos los niños y que su padre podría darle. ¿No era eso más importante que cualquier otra cosa? Tenía que hacerlo por Gino.

Emma tembló, envolviéndose en el jersey de lana. Había perdido mucho peso y la ropa parecía tragársela. Generalmente, llevaba varias prendas superpuestas y se movía continuamente para entrar en calor en aquella casa helada. Pero su hijo se despertaría pronto y tendría que encender la calefacción, cuya factura cada día era más difícil de pagar.

En fin, no tenía más remedio que llamar a Vincenzo, pensó, pasándose la lengua por los labios resecos mientras marcaba el número con dedos temblorosos.

—¿Dígame? —la voz femenina que contestó al otro lado de la línea tenía sólo una traza de acento.

Vincenzo sólo contrataba a gente que hablase italiano además del idioma del país, recordó Emma. Incluso prefería que hablasen el dialecto siciliano, que era un misterio para tanta gente.

«Porque los sicilianos cuidan los unos de los otros», le había dicho su marido una vez. Eran miembros de un club muy exclusivo del que estaban fieramente orgullosos. De hecho, cuanto más sabía Emma del asunto, más le sorprendía que Vincenzo se hubiera casado con ella.

«Se casó contigo porque pensaba que era su obligación», se recordó a sí misma.

Se lo había dicho muchas veces. Como que el matrimonio se había roto porque, según Vincenzo, ella no había cumplido su parte del trato.

–¿Dígame? –repitió la mujer.

Emma se aclaró la garganta.

–¿Podría hablar con el señor Cardini, por favor?

Al otro lado de la línea hubo un silencio… como si a la secretaria le sorprendiera que una extraña se atreviese a querer hablar personalmente con «el gran hombre».

–¿Podría decirme quién es?

Emma respiró profundamente.

–Me llamo Emma Cardini.

Hubo otra pausa.

–¿Y su llamada es en relación a…?

De modo que no sabía quién era. Ella apretó los labios, herida.

–Soy su esposa.

Eso debió de pillar a la secretaria por sorpresa, porque no parecía saber qué decir.

–Por favor, espere un momento.

Emma se vio obligada a esperar lo que le pareció una eternidad y unas gotas de sudor aparecieron en su frente a pesar del frío de la casa. Estaba ensayando en silencio un «Hola, Vincenzo» lo más neutral posible cuando la voz de la secretaria interrumpió sus pensamientos:

–El señor Cardini está en una reunión y no puede ponerse ahora mismo.

Esa respuesta fue como un golpe en el plexo solar y Emma se encontró agarrándose a la mesita del teléfono porque no la sostenían las piernas. Estaba a punto de colgar cuando se dio cuenta de que la mujer seguía hablando…

–Pero si me deja un número de teléfono, el señor Cardini intentará llamarla cuando tenga un momento libre.

El orgullo hizo que Emma quisiera decirle que podía irse al infierno si no tenía un minuto para hablar con la mujer con la que se había casado, pero no podía permitirse ese lujo.

–Sí, claro. ¿Tiene un bolígrafo?

Después de colgar se hizo un té y agarró la taza con las dos manos, como si fuera un salvavidas, mientras miraba por la ventana de la cocina.

Un par de piñas habían caído desde el enorme jardín de Andrew, separado del suyo por una valla de madera. Emma había pensado en plantar un fragante jazmín que perfumase el aire durante las largas noches de verano, pero todos esos sueños empezaban a evaporarse.

Porque ése era otro problema que ni siquiera había tomado en consideración. Si tenía que marcharse de aquella casa, ¿dónde jugaría su niño cuando empezase a andar? Con el alquiler que ella podía pagar, no sería fácil encontrar un sitio con un jardín o un patio.

El sonido del teléfono interrumpió sus pensamientos y Emma corrió a contestar para que no despertase a Gino.

–¿Dígame?

–*Ciao*, Emma.

Esas dos palabras fueron como un jarro de agua fría. Vincenzo pronunciaba su nombre como no lo hacía nadie más… pero claro, nada de lo que Vincenzo hacía o decía podía parecerse a nada.

«Recuerda que has ensayado su nombre sin emoción alguna. Pues ahora es el momento de ponerlo en práctica».

–Vincenzo –Emma tragó saliva–. Me alegro de que hayas llamado.

Al otro lado de la línea, los labios de Vincenzo Cardini se curvaron en una parodia de sonrisa. Hablaba como si estuviera a punto de comprarle un ordenador, con esa voz tan suave que solía hacerlo perder la cabeza. Y, a pesar de la hostilidad que sentía por ella, incluso ahora esa voz le despertó una punzada de deseo.

–Tenía un momento libre –contestó, mirando su agenda–. ¿Qué querías?

A pesar de haber dicho muchas veces que le daba igual lo que Vincenzo pensara de ella, Emma era lo bastante madura como para reconocer que su frialdad le rompía el corazón. Le hablaba con el mismo afecto que usaría para tratar con una secretaria. Con qué facilidad el fuego de la pasión se convertía en cenizas, pensó, filosófica.

«Pues contéstale con la misma frialdad», se dijo luego. «Háblale como él te habla a ti y así no te dolerá tanto».

–Quiero el divorcio.

Al otro lado de la línea hubo una pausa. Una larga pausa. Vincenzo se echó hacia atrás en el sillón, estirando sus largas piernas.

–¿Por qué? ¿Has conocido a otra persona? –le preguntó–. ¿Estás pensando en volver a casarte?

Su indiferencia le dolió más de lo que debería. ¿Podría ser aquél el mismo Vincenzo que una vez había amenazado con matar a cualquier hombre que se atreviera a sacarla a bailar? No, claro que no. Ese Vincenzo la amaba… o al menos había jurado amarla.

–Aunque hubiera alguien en mi vida, te aseguro que no volvería a casarme –respondió Emma.

–Eso no responde a mi pregunta –replicó él.

–Es que no tengo que contestarla.

–¿Crees que no? –Vincenzo se dio la vuelta en el sillón para mirar los espectaculares rascacielos que dominaban el centro de la ciudad, dos de los cuales eran de su propiedad–. Bueno, en ese caso, esta conversación no va a durar mucho, ¿no te parece?

–No te he llamado para charlar, te he llamado para…

–Antes de nada hay que establecer los hechos –la interrumpió él–. ¿Tienes ahí tu agenda?

–¿Mi agenda?

–Vamos a buscar un día para hablar del asunto.

Emma tuvo que agarrarse a la mesita para no perder el equilibrio.

–¡No!

–¿Crees que voy a hablar del divorcio por teléfono?

–No hace falta que nos veamos… podemos hacerlo a través de abogados.

–Pues entonces hazlo. Dile a tu abogado que se ponga en contacto con el mío.

¿La retaba porque sospechaba que estaba en una posición más débil?, se preguntó. Pero él no podía saber eso, se dijo luego.

–Si quieres que coopere, sugiero que nos veamos, Emma –siguió Vincenzo–. Si no, podrías tener una batalla muy larga y muy cara entre las manos.

Emma cerró los ojos, pero hizo un esfuerzo para no llorar porque sabía que Vincenzo usaría cualquier signo de debilidad para lanzarse sobre ella como un buitre. ¿Cómo podía haber olvidado esa resolución de hierro, esa fiera obstinación gracias a la que siempre había conseguido lo que quería?

–¿Por qué íbamos a tener que pelearnos? Los dos sabemos que nuestro matrimonio se ha roto para siempre.

Quizá si ella hubiera derramado una lágrima, si en su voz hubiera oído un timbre de emoción… pero ese tono frío desató una furia que había permanecido dormida desde que su matrimonio se rompió.

En ese momento, Vincenzo no sabía ni le importaba qué era lo que Emma quería; lo único importante era hacer justo lo contrario.

–¿Tienes libre el lunes? –le preguntó.

Emma no tenía que mirar su agenda porque no la tenía. ¿Para que iba a tenerla? Su vida social era inexistente y así era como le gustaba.

–El lunes me parece bien –tuvo que ceder–. ¿A qué hora?

–¿Puedes venir a Londres a cenar?

Ella lo pensó un momento; el último tren a Boisdale desde Londres salía a las once, pero ¿y si lo perdía? Aunque su amiga Joanna podía cuidar de Gino durante el día, durante la noche tenía que cuidar de su propio hijo. Además, ella no se había separado del niño desde que nació.

–No, cenar no me viene bien.

–¿Por qué? ¿Estás ocupada?

–No vivo en Londres, así que para mí es más fácil que nos veamos durante el día.

Vincenzo se estiró cuando una morena de falda ajustada entraba en su despacho para llevarle un café exprés y tuvo que sonreír cuando la joven salió moviendo descaradamente el trasero.

–Sí, muy bien, nos veremos para comer entonces. ¿Recuerdas dónde está mi oficina?

La idea de ir a su cuartel general, con sus suelos de mármol y su lujosa decoración la asustaba. Además, su oficina no era territorio neutral. Vincenzo llevaría la iniciativa… y no había nada que le gustase más.

–¿No preferirías que nos viéramos en un restaurante?

De nuevo, Vincenzo creyó detectar cierta esperanza en su voz y se quedó sorprendido por el deseo de aplastarla.

–No, yo no voy a restaurantes –le dijo. No quería que hubiera una mesa separándolos, ni camareros, ni la formalidad del ambiente–. Te espero aquí a la una.

Y luego, para asombro de Emma, colgó sin decir una palabra más.

Ella dejó el auricular en su sitio y cuando levantó la mirada, vio su imagen en el espejo. Su pelo parecía más lacio que nunca, su cara pálida como la tiza y tenía sombras bajo los ojos. Vincenzo siempre había sido tan particular sobre su aspecto… en realidad, había sido como una muñeca para él.

Aunque era siciliano, había adoptado felizmente el ideal de *la bella figura*, la importancia de la imagen. Mordiéndose los labios, Emma imaginó el desdén de sus ojos negros si pudiera verla en aquel momento. Y ese desdén la colocaría en una posición de desventaja.

Entre aquel día y el lunes tendría que hacer algo drástico con su aspecto.

Capítulo 2

EMMA miró el edificio Cardini intentando reunir valor para entrar en él. Era una estructura muy bella, construida casi enteramente de cristal en una de las mejores zonas de Londres para dejar bien claro que Vincenzo era un hombre muy rico.

El diseño había ganado varios premios, pero en sus ventanales, Emma podía verse reflejada y lo que veía no le daba mucha seguridad.

Había sido una pesadilla encontrar algo adecuado que ponerse porque toda su ropa era muy práctica; nada que ver con los caros vestidos a los que se había acostumbrado cuando estaba casada con Vincenzo.

Al final, eligió un sencillo vestido oscuro que había alegrado un poco con un collar y había cepillado sus botas hasta que casi podía verse la cara en ellas. Sólo el abrigo era bueno, de cachemir azul marino, con unas violetas de seda bordadas en el cuello y el bajo, como si alguien hubiera tirado las flores allí descuidadamente.

Vincenzo le había comprado ese abrigo en una

de las boutiques más caras de Milán. La había dejado dormida en la habitación del hotel para volver poco después con una enorme caja envuelta en papel de regalo.

No había querido ponérselo aquel día porque estaba lleno de recuerdos, pero era la única prenda buena que tenía en el armario. ¿Cuál era la alternativa, además? ¿Ir al cuartel general de Vincenzo Cardini llevando un abrigo barato?

Emma entró en el amplio vestíbulo de mármol y se acercó a la recepción, un camino que le pareció interminable.

La joven que estaba sentada detrás del mostrador le ofreció una aburrida sonrisa.

–Tengo una cita con Vincenzo Cardini a la una.

–¿Es usted Emma Cardini? –murmuró ella, mirando sus papeles.

–Sí, soy yo –asintió Emma.

–Tome ese ascensor hasta la última planta. Alguien la esperará allí.

–Gracias.

Mientras el ascensor subía, Emma se preguntaba cuánto tiempo había pasado desde la última vez que estuvo en Londres y cuánto desde la última vez que estuvo tantas horas sin ver a su hijo. Nunca durante todo un día, desde luego.

¿Estaría bien?, se preguntó por enésima vez. ¿O se pondría a llorar al darse cuenta de que su mamá se había ido?

Pero en la pantalla de su móvil no había ningún

mensaje. Le había dicho a Joanna que la llamase en cuanto hubiera el más mínimo problema, de modo que todo debía de ir bien.

«Así que haz lo que has venido a hacer», pensó, respirando profundamente mientras se abrían las puertas del ascensor.

Al otro lado había una guapísima morena con una falda ajustada, el pelo artísticamente sujeto sobre la cabeza y unos pendientes de diamantes. Y, de repente, Emma se sintió como la pobre chica del pueblo que iba de visita. ¿Cuántas mujeres guapas necesitaba Vincenzo a su alrededor?

–¿*Signora* Cardini?

–Sí.

–Sígame, por favor. Vincenzo la está esperando.

«Pues claro que está esperándome», le hubiera gustado gritar mientras observaba a la morena mover las caderas delante de ella.

«¿Y quién te da derecho a llamar a mi marido por su nombre de pila?».

«Pero no va a ser tu marido durante mucho tiempo. De hecho, no ha sido tu marido en casi dos años y será mejor que olvides esos absurdos celos ahora mismo».

La joven abrió la puerta del despacho con un gesto que parecía indicar que estaba a punto de encontrarse con alguien de enorme importancia y Emma se hizo la fuerte para ver a Vincenzo, como había ido haciendo en el tren.

Pero nada podía prepararla para la realidad de ver a su marido otra vez en carne y hueso.

Estaba frente a la ventana, que ocupaba toda una pared de su despacho, así que a primera vista sólo era una oscura silueta. Pero eso sólo servía para destacar su magnífico físico, todo músculo y fibra, la clase de perfección que los escultores habían usado como ideal masculino desde el principio de los tiempos.

Tenía las manos en los bolsillos del pantalón, en un gesto arrogante… pero Vincenzo Cardini siempre había sido arrogante. Veía lo que quería y lo hacía suyo, así de sencillo. Y normalmente lo conseguía con una mezcla de arrogancia, poder de persuasión y carisma.

Pero ella tenía algo mucho más precioso que todas las posesiones de Vincenzo y no podía dejar que se lo quitase. Y para eso tenía que estar tranquila.

–Hola, Vincenzo.

–Emma –respondió él, antes de murmurar algo en italiano que hizo a la morena salir rápidamente del despacho.

Luego dio un paso adelante y, a pesar de haber ido preparada, a Emma se le encogió el estómago al ver su cara.

Porque era incluso más apuesto de lo que recordaba. Cuando se casó con él, estaba locamente enamorada, tanto que su atractivo le pareció algo secundario. Y luego, cuando el matrimonio empezó a romperse, le había parecido un hombre frío, indiferente. Y había empezado a apartarse de él.

Pero desde entonces habían pasado muchas cosas y todas esas cosas fueron difíciles. Ahora sabía que su matrimonio con Vincenzo había sido un sueño. Aunque aquel día Vincenzo parecía el sueño de cualquier mujer.

Llevaba un traje que sólo podía haber sido hecho en Italia y se había quitado la chaqueta, dejando al descubierto una camisa blanca de seda que destacaba la anchura de sus hombros y el poderoso físico que había debajo. Con la corbata suelta y los dos primeros botones desabrochados, Emma casi podía ver el vello oscuro que había debajo.

Pero era su rostro lo que la hipnotizaba. Un rostro que, se dio cuenta de repente, era una versión dura y cínica de las delicadas facciones de su hijo.

¿Habría sido Vincenzo alguna vez así de dulce?, se preguntó.

Podría definirlo como una belleza clásica de no ser por una diminuta cicatriz en forma de «V» en el oscuro mentón. Sus facciones eran duras, los ojos negros, brillantes como ópalos, pero en su sonrisa había cierta crueldad.

Incluso cuando la cortejaba siempre había sido un hombre duro. Una cualidad que siempre había asustado un poco a Emma.

Siempre la trataba con autoridad. Ella era sólo otra posesión a adquirir, la novia virgen que nunca había conseguido ser lo que él quería que fuera.

–Ha pasado mucho tiempo –dijo Vincenzo, mirándola de arriba abajo–. Dame tu abrigo.

Emma hubiera querido decirle que sólo se quedaría un momento, pero Vincenzo podría ponerse difícil si hacía eso. Además, había aceptado comer con él y sería absurdo hacerlo con el abrigo puesto.

Pero lo último que deseaba era que sus manos la rozasen, un gesto así le recordaría otras noches del pasado...

–Puedo hacerlo yo –murmuró, quitándose el abrigo y colgándolo del respaldo de una silla.

Vincenzo estaba estudiándola con cierta fascinación. Había reconocido inmediatamente el abrigo porque se lo había regalado él, pero el vestido era nuevo... y qué vestido tan horrible.

–¿Se puede saber qué has estado haciendo últimamente? –le preguntó, con una sonrisa desdeñosa.

–¿Qué quieres decir? –Emma consiguió que su voz sonara tranquila aunque, de repente, temía que Vincenzo se hubiera enterado de la existencia de Gino. Pero de ser así no podría mirarla con esa expresión desinteresada. Ni siquiera él era tan buen actor.

–¿Te has puesto a régimen?

–No.

–Pero estás muy delgada. Demasiado delgada.

Eso era lo que pasaba cuando una mujer le daba el pecho a su hijo durante mucho tiempo. Si además tenía que ocuparse de la casa, del jardín, limpiar, cocinar y cuidar de otros niños además del suyo sin nadie que la ayudase, era lógico que hubiera perdido tanto peso.

–Estás en los huesos –insistió Vincenzo.

Antes solía decirle que era una Venus de bolsillo, que tenía el cuerpo más perfecto que hubiera visto nunca en una mujer…

Pero quizá era mejor así, pensó Emma. El grosero comentario dejaba bien claro que su relación con Vincenzo Cardini había muerto del todo. Que no sólo no le gustaba, sino que ya no sentía el menor deseo por ella.

Y, sin embargo, le dolió. Más que eso. La hizo sentirse como una mujer pobre y desesperada que había ido a pedirle ayuda a su marido.

«Pues no lo eres», se dijo a sí misma. «Sencillamente quieres lo que es tuyo, así que no dejes que te deprima».

–Mi aspecto es cosa mía, pero veo que tú no has perdido ni tu encanto ni tus buenas maneras –replicó, irónica.

Vincenzo sonrió. ¿Había olvidado que Emma no se dejaba amedrentar? ¿No había sido ésa una de las cosas que le atrajeron de ella desde el principio? Cierta timidez mezclada con la habilidad de golpear donde más dolía. Junto con su etéreo encanto rubio que lo había dejado boquiabierto.

–Es que estás… diferente –observó.

Antes solía llevar el pelo por encima de los hombros y a él le gustaba porque así nunca caía sobre sus pechos cuando estaba desnuda. Pero ahora le llegaba casi por la cintura, sus ojos azules parecían más hundidos que antes y los afilados pómulos creaban sombras sobre su rostro.

Pero fue su cuerpo lo que más lo sorprendió. Siempre había sido esbelta, pero de curvas generosas, como un melocotón maduro. Ahora, sin embargo, estaba delgadísima. Seguramente era lo que dictaban las revistas de moda, pero a él no le parecía atractivo en absoluto.

—Pero tú estás igual que antes, Vincenzo.

—¿Ah, sí? —él la miraba como un gato miraría a un ratón antes de lanzar sobre él sus letales zarpas.

—Bueno, quizá tienes algunas canas nuevas…

—¿No me dan un aspecto distinguido? —bromeó Vincenzo—. Dime, ¿cuánto tiempo ha pasado desde la última vez que nos vimos, *cara*?

Emma sospechaba que sabía perfectamente el tiempo que había pasado, pero el instinto y la experiencia le decían que le llevase la corriente.

«No lo hagas enfadar, ponlo de tu lado. Sigue siendo sosa e imparcial, flaca y poco atractiva, y con un poco de suerte él se alegrará de decirte adiós».

—Dieciocho meses. El tiempo vuela, ¿verdad?

—*Tempus volat* —repitió él en latín, indicando un par de sofás de piel situados al otro lado del despacho—. Por supuesto que sí. Siéntate, por favor.

A Emma le temblaban las rodillas, de modo que agradeció la invitación. Vincenzo se sentó a su lado y, como siempre, su proximidad la ponía nerviosa. ¿Pero no resultaría un poco absurdo pedirle que se sentara en el otro sofá? Al fin y al cabo, ella no era una niña.

Además, ¿no era ésa otra de las razones de su visita, demostrarle que lo poco que hubo entre ellos había muerto para siempre?

«¿Ha muerto?», se preguntó. «Pues claro que sí, no pienses tonterías».

—Voy a pedir el almuerzo, ¿te parece?

—No tengo hambre.

Vincenzo la miró. Tampoco él, aunque se había levantado a las seis de la mañana y sólo había tomado un café. Le pareció que estaba pálida, su piel, tan transparente que podía ver las venitas azules en sus sienes. No llevaba joyas, observó. Ni esos pendientes de perlas que tanto le gustaban ni la alianza.

Claro, por supuesto. ¿Cómo iba a llevarla?

—Bueno, dime para qué querías verme.

—Lo que te dije por teléfono: quiero el divorcio.

Vincenzo observó que cruzaba y descruzaba las piernas como si estuviera nerviosa. ¿Por qué estaba nerviosa? ¿Por verlo de nuevo? ¿Seguía sintiendo algo por él?

—¿Y por qué quieres el divorcio?

Emma tuvo que hacerse la fuerte para soportar el impacto de su oscura mirada.

—¿El hecho de que llevemos dieciocho meses separados no te parece razón suficiente?

—No, la verdad es que no. Las mujeres son muy

sentimentales sobre un divorcio… aunque su matrimonio fuese un fracaso, como el nuestro.

Ella hizo una mueca. Había subestimado a Vincenzo, evidentemente. Era tan listo como para intuir que no aparecería así, de repente, para pedir el divorcio si no hubiera alguna razón de peso.

«Pues dale una razón», se dijo a sí misma.

–Pensé que te alegraría ser libre de nuevo.

–¿Libre para qué, *cara*?

«Dilo», se animó Emma. «Díselo aunque te ahogue tener que decírselo. Enfréntate a tus demonios de una vez. Los dos habéis seguido adelante, tú has tenido que hacerlo. Y en el futuro habrá otras personas, al menos para Vincenzo».

–Libertad para estar con otras mujeres, quizá.

Los ojos negros de su marido brillaron de incredulidad.

–¿Crees que necesito un papel oficial para hacer eso? ¿Crees que he vivido como un monje desde que me dejaste?

A pesar de la falta de lógica de la respuesta de Vincenzo, las imágenes que despertó esa frase fueron para Emma como un puñal en el corazón.

–¿Te acuestas con otras mujeres?

–¿Tú qué crees? –le espetó él–. Aunque me halagas usando el plural…

–Y tú te halagas a ti mismo con tu falsa modestia –replicó Emma–, ya que los dos sabemos que puedes conquistar a cualquier mujer con sólo chasquear los dedos.

–¿Como te conquisté a ti?

–No quieras reescribir la historia. Fuiste tú quien me cortejó, quien intentó conquistarme. Tú sabes que fue así.

–Al contrario, tú jugaste conmigo. Eras mucho más inteligente de lo que yo había pensado, Emma. Te hiciste la inocente a la perfección…

–¡Porque era inocente!

–Y ése era, por supuesto, tu as en la manga –dijo Vincenzo, mirando arrogantemente sus piernas–. Usaste tu virginidad como una campeona. Me viste, me deseaste y jugaste conmigo hasta que no fui capaz de resistirme. Yo sólo era un hombre siciliano que valoraría tu pureza por encima de todo.

–No, no fue así –murmuró ella.

–¿Por qué no me dijiste que eras virgen antes de que fuera demasiado tarde? No te habría tocado de haberlo sabido.

Emma hubiera querido decirle que se había quedado tan prendada de él, tan enamorada, que las cosas se le habían escapado de las manos. Era un momento muy difícil de su vida y pensó que Vincenzo estaba fuera de su alcance… jamás creyó que su aventura llegaría a ningún sitio. ¿No le había dicho él ardientemente que un día se casaría con una mujer de su tierra, que les inculcaría a sus hijos los mismos valores que le habían inculcado a él?

Y, sin embargo, en el fondo siempre supo que

Vincenzo habría salido corriendo de haber sabido que era virgen.

Pero para entonces estaba demasiado enamorada y no quiso arriesgarse a decírselo.

–Quería que fueras mi primer amante –le confesó. Porque había sospechado que ningún otro hombre se parecería a Vincenzo Cardini.

–¡Querías un marido rico! –exclamó él–. Estabas sola en el mundo, sin familia, sin estudios, sin dinero… y viste al rico siciliano como una manera de salir de la pobreza.

–¡Eso no es verdad!

–¿No lo es?

–Me hubiera casado contigo aunque no hubieses tenido un céntimo.

–Pero afortunadamente para ti no era así, ¿verdad, *cara*? –replicó Vincenzo, irónico–. Porque ya sabías que era rico.

Emma tuvo que apretar los labios para no decirle lo que pensaba. Pero no se pondría a llorar delante de él. Conseguiría lo que había ido a buscar y saldría de allí con la cabeza bien alta.

–Me da igual lo que pienses, no tengo la menor intención de discutir.

–Yo tampoco.

–Entonces, supongo que estarás de acuerdo en que el divorcio es la única solución.

Vincenzo hizo una mueca. No le gustaba cuando se mostraba tan fría, tan distante. Eso la hacía intocable y él estaba acostumbrado a que las mujeres fueran apasionadas.

¿De verdad le preocupaba tan poco la idea de romper su matrimonio de manera oficial como parecía o todo era una actuación? ¿Seguiría sintiendo algo por él?

De repente, y sin previo aviso, se inclinó hacia delante para rozar sus labios y sonrió, triunfante, al verla temblar.

Emma se quedó inmóvil, aunque el repentino galope de su corazón la había dejado sin aire.

–Vincenzo… ¿qué estás haciendo?

Capítulo 3

SÓLO ERA una prueba –murmuró Vincenzo. Pero el roce de sus labios, el calor de su aliento, hizo que deseara besarla apasionadamente. Besarla por todas partes, como había hecho tantas veces.

–No… –empezó a decir Emma.

Pero no estaba apartándose. Y podía sentir, casi oler, su deseo por él… quizá porque siempre había sido capaz de leerla como un libro abierto. Un libro erótico, además. Al menos hasta que la relación se marchitó hasta tal punto que apenas podían mirarse a los ojos y mucho menos tocarse.

Hasta esa última vez. Justo antes de que Emma saliera por la puerta en Roma, cuando la besó y ella le devolvió el beso con más pasión de la que había mostrado en meses.

Habían hecho el amor de pie, apoyados en la pared. Y luego, ignorando sus protestas de que iba a perder el vuelo, la había llevado a su habitación, a la cama que no habían compartido en varias semanas, para hacerle el amor durante toda la noche. Usando toda su habilidad para darle placer, oyendo sus gemidos de gozo...

¡Estaba excitándose sólo con recordarlo!

—Emma…

Esa vez no se limitó a rozar sus labios; los aplastó bajo los suyos como pétalos de rosa bajo un martillo.

Dejando escapar un gemido, Emma enredó los dedos en su pelo como solía hacer antes.

—Vincenzo…

Su voz sonaba ahogada por el beso, su respuesta la convertía en participante voluntaria de aquel abrazo.

¿Tan necesitada estaba de compañía adulta que se sometía al dulce placer de sus labios como una mujer ahogándose en miel?

Ningún hombre la había besado como Vincenzo. Ninguno podría hacerlo. Él usaba sus labios para convencerla, para hipnotizarla, haciéndola sentirse como una mujer. Una mujer de verdad.

Emma dejó escapar un gemido, derritiéndose como la cera de una vela bajo el ardor de los labios masculinos. Vincenzo le había dicho una vez que conocía su cuerpo mejor de lo que conocía el suyo propio y nadie podría negar eso.

Pero con él siempre había sido algo más que técnica amatoria. Había sido amor. Al menos durante un tiempo.

Amor.

Emma hizo una mueca de desdén. ¿Qué tenía que ver el amor con aquello?

—Vincenzo…

Con desgana, él levantó la cara para mirarla a los ojos, el azul oscurecido por las dilatadas pupilas. Tenía los labios entreabiertos, como suplicándole que siguiera besándola, y mientras le miraba la punta de la lengua, a la que él había enseñado a darle tanto placer, acarició sus labios.

Lo deseaba, pensó con satisfacción. Nunca había dejado de desearlo. Cuando puso una mano sobre su rodilla la sintió temblar. ¿Debería meterla bajo el vestido para hacerla gemir de placer otra vez?

–Dime.

–Yo…

–¿Quieres que acaricie tus pechos, tus preciosos pechos? –Vincenzo rozó uno de sus pezones por encima del vestido y Emma sintió como si la quemara.

Era como si estuviera en medio de arenas movedizas, un paso en falso y acabaría sumergida.

Entonces se quedó inmóvil. ¿Había imaginado la vibración de su móvil dentro del bolso? ¿Estaba imaginándolo o era real? ¿Estaría Joanna intentando ponerse en contacto con ella para decirle que Gino estaba enfermo o llorando… o que quería a su mamá?

Gino.

Había ido allí aquel día, gastándose un dinero que no tenía en un billete de tren, para pedirle el divorcio a su marido.

Entonces, ¿qué demonios estaba haciendo entre

sus brazos, dejando que la besara, dejando que su cuerpo floreciera bajo sus caricias?

Aquel hombre la despreciaba, lo había dejado bien claro.

A pesar de las protestas de sus sentidos, Emma se levantó del sofá y, ocultando su angustia, hizo un esfuerzo para mirarlo de nuevo.

—No vuelvas a hacer eso —le advirtió—. ¡No vuelvas a hacerlo nunca más!

—Venga, *cara*, por favor. «Nunca» es mucho tiempo y tú has disfrutado tanto como yo.

—¡Tú me has forzado a besarte! —lo acusó ella.

Pero Vincenzo se limitó a reír.

—Por favor, no te hagas la inocente conmigo porque ya no funciona. Conozco a las mujeres lo suficiente como para saber cuándo desean que las besen... y a ti te conozco mejor que a las demás.

Aquél era su territorio, pensó Emma. Física, emocional y económicamente le llevaba ventaja. Entonces, ¿para qué proseguir una discusión que él ganaría de todas formas? ¿Qué importaba si se había rendido o si Vincenzo la había manipulado? Al final era una cuestión de orgullo y ya había decidido que el orgullo era un lujo que no se podía permitir. De modo que olvidaría lo que acababa de pasar y se concentraría en lo que tenía que decirle.

Sin embargo, sabía que estaba dejando de lado lo más importante. ¿Qué pasaba con Gino? Después de comprobar que el niño era la viva imagen de su padre, ¿no iba a decirle a Vincenzo que tenía un hijo?

Pero tenía miedo. Si se lo decía, ¿qué pasaría? ¿No podía conseguir lo que había ido a buscar y pensar en ello más tarde?

–¿Vas a darme el divorcio? –le preguntó.

En silencio, Vincenzo se levantó del sofá y Emma lo miró como miraría a una serpiente venenosa suelta por la lujosa oficina.

Pero, para su sorpresa, él no se acercó. En lugar de hacerlo se dirigió a su escritorio para mirar la pantalla del ordenador. Como si ella hubiera sido un breve interludio, ya olvidado, y ahora tuviera cosas más importantes que hacer.

–¿Vas a dármelo? –repitió.

–Aún no lo he decidido porque sigo sin estar seguro de tus motivos. Y ya me conoces, Emma, me gusta tener toda la información disponible –Vincenzo levantó la mirada–. Me has dicho que no quieres casarte con otro hombre y te creo.

–¿Ah, sí?

–Sí, claro. A menos que pienses casarte con un eunuco –observó él, irónico.

–¿Por qué dices eso?

–Porque me has besado como una mujer que no ha tenido relaciones en mucho tiempo.

Emma se puso colorada.

–Eres repugnante.

–¿Desde cuándo es repugnante el sexo? Estoy siendo sincero, nada más. Pero si no es otro hombre, tiene que ser el dinero –Vincenzo vio que Emma apartaba la mirada–. Ah, claro, el dinero. Supongo que estás arruinada...

–Alguien que nunca ha tenido dinero no puede arruinarse.

–Pero vistes como una mujer que no tiene medios económicos, desde luego. ¿Qué ha pasado, Emma? ¿Olvidaste que ya no estabas casada con un millonario y seguiste gastando dinero a manos llenas?

Eso estaba tan lejos de la verdad que le dieron ganas de reír. Pero no se había equivocado; tenía problemas económicos y en el mundo de Vincenzo Cardini el dinero importaba más que cualquier otra cosa. Él entendía de dinero. Podía tratar con él tanto como era incapaz de hacerlo con las emociones.

¿Por qué no dejar que la viera como una buscavidas que echaba de menos los buenos tiempos? Eso lo despistaría de su verdadero objetivo. Conocía lo suficiente a Vincenzo como para saber que la despreciaría aún más si supiera que sólo acudía a él empujada por la avaricia y su desprecio era preferible a su pasión.

–Algo así –le dijo.

Él hizo una mueca. Y acababa de negar que se hubiera casado con él por dinero, pensó. Se había visto seducida por su riqueza, como había sospechado siempre. Pero, en cierto modo, eso hacía que la conversación fuera más fácil.

–Me temo que no tienes derecho a nada.

–¿De qué estás hablando?

Vincenzo se encogió de hombros.

–Sólo estuvimos casados un par de años y no hubo hijos. Tú sigues siendo joven, fuerte... ¿por qué iba a financiar el resto de tu vida sólo por haber cometido un error al casarme contigo?

Emma dio un respingo. Creía haber soportado todo el dolor que era capaz de soportar pero, aparentemente, estaba equivocada.

–Creo que un abogado lo vería de otra manera.

–¿Ah, sí?

–Si no recuerdo mal, tú no quisiste que trabajase mientras estábamos casados, así que ahora no me resulta fácil encontrar un puesto de trabajo.

–Ah, ya comprendo. ¿Y qué estás dispuesta a hacer para conseguir un divorcio rápido?

–¿Qué estoy dispuesta a hacer? No te entiendo.

–¿No? Entonces deja que te lo explique para que no haya malentendidos: tú quieres el divorcio y yo no.

–¿Tú no? –a pesar de todo, su tonto corazón dio un salto de alegría–. ¿Puedo preguntar por qué?

–Piénsalo, Emma. Siendo un hombre casado, las mujeres saben que no tienen nada que hacer conmigo. Pero en cuanto se sepa que soy un hombre libre de nuevo, tendré que vérmelas con mujeres ambiciosas, mujeres como tú, que podrían querer ser la siguiente *signora* Cardini. Mujeres que buscan a un hombre siciliano con una enorme...

–Vincenzo levantó las cejas– cuenta corriente. Así

que ya ves, para darte el divorcio tendrías que hacer que mereciese la pena, ¿no te parece?

Ella se había puesto pálida. No podía querer decir...

—No sé de qué estás hablando.

—Yo creo que sí. Tú deseas el divorcio y yo te deseo a ti. Una última vez.

Emma se llevó una mano a la garganta, como si no pudiera respirar.

—No puedes decirlo en serio.

—Claro que lo digo en serio. Una noche contigo, Emma. Una noche de sexo, para olvidar algo que me sigue pareciendo inacabado. Una noche, nada más —Vincenzo sonreía tranquilamente—. Y luego te daré el divorcio.

Hubo un largo e incrédulo silencio mientras se miraban el uno al otro a través del inmenso despacho.

—¡Eres un monstruo! —exclamó ella por fin.

Que el hombre con el que se había casado le pidiera que se comportase como... como una mujer que vendía su cuerpo al mejor postor era increíble.

Vincenzo sonrió al ver que se ponía pálida. Porque aquélla era la mujer que le había roto el corazón, la que le había ocultado la verdad. Nunca debería olvidar eso, aunque tuviera los ojos más azules del mundo y unos labios que suplicaban ser besados.

—Te casaste conmigo —observó cáusticamente—. Debes de saber que tengo una vena implacable.

¿Qué dices, Emma? No puedes negar que sigues deseándome.

Ella negó con la cabeza.

–No es verdad.

Sus ojos negros se endurecieron tanto como su entrepierna.

–Mentirosa –sonrió–. Pero claro, mentir siempre ha sido uno de tus talentos.

–Puedes irte al infierno –replicó Emma, tomando el abrigo–. No, ahora que lo pienso, el infierno sería un sitio demasiado bueno para ti... ¡y seguramente no te dejarían entrar!

Vincenzo se estaba riendo mientras ella se dirigía a la puerta, observando cómo se colocaba el bolso al hombro, con la melena rubia volando alrededor de su cara.

–*Arrivederci, bella* –murmuró–. Esperaré noticias tuyas.

Sin fijarse en la cara de sorpresa de la morena o la joven de recepción, Emma no dejó de correr hasta que estuvo fuera del edificio. Jadeando, llegó hasta la parada del autobús y se tragó las lágrimas que amenazaban con asomar a sus ojos.

De todas las proposiciones humillantes que podía haberle hecho, aquélla era la más humillante de todas. Vincenzo Cardini no tenía corazón.

Dejándose caer sobre el asiento del autobús, Emma sacó el móvil del bolso y comprobó que, afortunadamente, no había ninguna llamada perdida de Joanna, de modo que Gino debía de estar bien.

El autobús se movía con lentitud por el tráfico de Londres. En circunstancias normales, Emma hubiera disfrutado de los bonitos edificios de aspecto futurista en comparación con el antiquísimo Westminster, pero no podía ver nada, ni sentir nada. Lo que acababa de ocurrir en la oficina de Vincenzo era como una pesadilla.

Alguien podría haberle sugerido que jugase su mejor carta: decirle al orgulloso siciliano que tenía un hijo.

Pero el miedo se lo impedía; el miedo a que Vincenzo intentase quitarle al niño. Con su poder y su dinero en comparación con su desesperada situación económica, ¿tendría alguna posibilidad de conseguirlo?

Emma negó con la cabeza mientras guardaba el móvil en el bolso. No debía contárselo… ¿o sí?

Pero aunque lo hiciera, Vincenzo podría no creerla. ¿No había sido su supuesta infertilidad lo que creó un abismo entre los dos y, por fin, rompió su matrimonio?

Intentaba apartar de sí los recuerdos, pero su mente la devolvía a un tiempo anterior a las recriminaciones, anterior a la amargura.

Un tiempo en el que Vincenzo la amaba.

Capítulo 4

EMMA había conocido a Vincenzo durante un momento difícil de su vida, poco después de la muerte de su madre, Edie.

La enfermedad de Edie había sido repentina y Emma tuvo que dejar sus estudios para cuidarla. Lo había hecho por amor y porque era su obligación, pero también porque no había nadie más que pudiera hacerlo.

La enfermedad había ido debilitando a su madre poco a poco y durante los últimos meses habían buscado una cura imposible. La menor noticia sobre algún nuevo tratamiento era suficiente para firmar un nuevo cheque.

Edie había acudido a curanderos, a adivinos… no comía nada más que albaricoques y durante una semana sólo bebió agua tibia. Se había sometido a terapias de todo tipo en un exclusivo balneario suizo, pero no sirvió de nada; nada podría haberla salvado.

Fueron unos meses terribles y, después de su muerte, Emma se sintió vacía, sin ganas de volver a la universidad.

Pero fue entonces cuando descubrió que prácticamente no tenía nada. Para pagar los tratamientos alternativos, su madre se había gastado todo lo que tenía. Incluso tuvo que vender la casa.

Pero Emma, en una decisión sorprendente, decidió gastarse el poco dinero que le quedaba en el banco. Había visto demasiada tristeza como para planear un futuro que no ofrecía la menor garantía. De repente, la vida le parecía demasiado corta. Quería sol, historia, belleza... de modo que se marchó a Sicilia.

Y allí conoció a Vincenzo.

Fue uno de esos días que para siempre estaría grabado en su memoria. Emma estaba tomando un descanso de su periplo cultural por la isla en una playa preciosa, con un sombrero de paja y un buen libro, dejando que el sol calentase su piel.

Sabía que su aspecto, tan pálido y tan rubio, llamaba la atención por donde fuera y solía cubrirse la cabeza cuando entraba en una iglesia, como era la costumbre allí. Además, siempre llevaba vestidos por la rodilla y apenas se maquillaba.

Pero un día descubrió una solitaria cala cerca de su hotel e hizo lo que llevaba días deseando hacer: quitarse el recatado vestido y nadar alegremente, intentando olvidar la angustia de los últimos meses.

Después debió de quedarse dormida porque cuando despertó había un hombre frente a ella, mirándola. Era alto, moreno y atlético, su pelo negro, despeinado por el viento.

Pero lo había visto antes… ¿quién no se hubiera fijado en un hombre así? Ella estaba tomando un café en la plaza y él había pasado volando en una moto, como la mayoría de los jóvenes sicilianos.

De cerca era incluso más guapo. Y miraba su bañador con una expresión claramente sexual. Quizá debería haberse asustado, pero…

Algo en sus ojos negros y en la curva de sus labios parecía llamarla a un nivel elemental; era algo que no había sentido nunca. Porque Emma era una soñadora y nunca había conocido a nadie que pudiera parecerse a los personajes románticos de las novelas.

Hasta aquel momento.

Llevaba unos vaqueros gastados y una camiseta de manga corta, los pies desnudos estaban medio enterrados en la arena.

–*Come si chiama*? –le preguntó él.

Le parecía una grosería no contestar. Además, era imposible con esos ojos de ébano clavados en su cara.

–Emma Shreve.

–¿Y hablas italiano?

Ella negó con la cabeza, diciéndose a sí misma que no debería entablar conversación con un desconocido, pero sintiéndose libre por primera vez en siglos.

–No, pero lo intento… no soy de esas personas

que van por el mundo esperando que todos hablen mi idioma. Y el italiano no es tan difícil. Lo difícil es entender el siciliano.

Entonces no lo sabía, pero eso era exactamente lo que quería oír un orgulloso siciliano.

–¿Y cómo se llama usted?

–Vincenzo Cardini –contestó él.

Naturalmente, Emma no sabía nada sobre el dinero y la influencia de la familia Cardini. Aquel día pensó que era un chico como los demás, aunque guapísimo y con un carisma extraordinario.

Él se sentó a su lado en la arena y la hizo reír contándole historias. Y cuando empezó a hacer demasiado calor, la invitó a comer en un restaurante cercano. Tomaron *sarde a beccafico*, el plato de pescado más delicioso que Emma había probado nunca.

Él hablaba de la isla en la que había nacido con una pasión y un conocimiento que hacía que las guías turísticas pareciesen algo obsoleto y aburrido. Emma suspiró mientras le contaba que ya sólo iba a la isla de vacaciones, que el cuartel general de su negocio estaba en Roma. Y luego le hizo todo tipo de preguntas sobre su trabajo para intentar concentrarse en algo que no fuera la belleza de su rostro.

Pero cuando intentó besarla, se lo impidió.

–Lo siento, no tengo por costumbre besar a extraños.

Vincenzo sonrió.

–Y yo no acepto una negativa.

–Pues esta vez vas a tener que hacerlo –replicó Emma.

Pero no habría sido humana si no hubiera sentido algo cuando él puso un dedo sobre sus labios, capturando sus ojos con una mirada oscura que la hizo temblar.

Al día siguiente, Vincenzo fue a buscarla al hotel y ella aceptó, encantada. ¿Cómo iba a decir que no cuando ya estaba medio enamorada de él y Vincenzo de ella?

Un *colpo di fulmine*, lo había llamado él, con el aire de un hombre que hubiera recibido una visita inesperada.

Por el día le mostraba la isla y le hablaba de su familia. Tras la muerte de sus padres había sido criado por su abuela y tenía montones de primos que «no aprobarían que se vieran», le había dicho.

¿Pero qué le importaba eso a Emma si cada noche le enseñaba un poco más lo que era el placer; un placer que ella nunca había imaginado que existiera?

Se había preguntado entonces si la veía como a una cría inocente, pero Vincenzo parecía disfrutar enseñándola. Para él, eso demostraba que no era una chica fácil como lo eran tantas inglesas. Según Vincenzo, las chicas que iban a Sicilia de vacaciones buscando un «amante latino» entregaban sus cuerpos con la misma facilidad que pedían copas en el bar.

Todo parecía perfecto hasta la noche en la que, por fin, Emma le dejó compartir su cama. Después de hacer el amor, Vincenzo se incorporó para mirarla con si fuera un espectro. En su rostro podía ver una mezcla de emociones: dolor, incredulidad, alegría, rabia...

–¿Por qué no me lo habías dicho?

–¿Decirte qué?

–Que eras virgen.

–¡No sabía cómo hacerlo!

–¿No sabías cómo? –repitió él–. Y has dejado que pasara esto... –añadió, sacudiendo la cabeza–. Te he robado tu virginidad, la más preciada posesión de una mujer.

Pero a la mañana siguiente su furia había amainado y durante los últimos días de vacaciones le enseñó todo lo que sabía sobre el amor.

Cuando llegaron al aeropuerto para decirse adiós, Emma lloró por todo lo que había encontrado e iba a perder para siempre.

No esperaba volver a saber nada de él, pero Vincenzo apareció inesperadamente en Inglaterra para decirle que no podía dejar de pensar en ella, como si hubiera cometido un crimen por ser la causa de su obsesión.

Cuando descubrió que no tenía ni familia ni trabajo, la llevó con él a Roma... y fue allí donde Emma se dio cuenta de que estaba saliendo con un hombre fabulosamente rico.

Vincenzo la instaló en un lujoso apartamento, le

compró un vestuario nuevo y la transformó en una mujer que hacía que los hombres volvieran la cabeza.

Emma floreció bajo sus atenciones... aunque se quedó sorprendida al descubrir que la transformación había desatado unos celos terribles en él. Vincenzo sospechaba que incluso sus mejores amigos querían acostarse con ella.

–¿No sabes que te desean?

–Te aseguro que ese deseo no es recíproco.

–No puedo soportar la idea de que otro hombre te toque. Ni ahora ni nunca.

Se casaron poco después, pero Emma empezaba a albergar serias dudas. ¿Se había casado con ella para poseerla o porque se sentía obligado por haberle robado la inocencia? Pero el matrimonio representaba la aceptación de su familia y, sobre todo, lo que Vincenzo deseaba más que nada en el mundo.

–Un hijo –le había dicho durante su noche de bodas, mientras acariciaba su estómago plano–. Voy a poner la semilla de mi hijo dentro de ti, Emma.

¿Qué mujer no se hubiera sentido emocionada? Desde luego, no una mujer tan enamorada como ella. Pero el tenor de su relación cambió drásticamente desde ese momento. Vincenzo parecía tener un propósito cada vez que hacían el amor. Y luego estaba la inevitable desilusión cada mes, cuando el deseado hijo no se materializaba...

En una de sus periódicas visitas a Sicilia incluso su primo favorito, Salvatore, que desaprobaba claramente el matrimonio, habló sobre los hijos. O más bien de la falta de ellos. Y Emma se sintió a la vez dolida e insultada.

Pronto el tema empezó a dominar sus pensamientos, aunque no sus conversaciones porque Vincenzo se negaba a hablar del asunto, y desesperada, Emma fue a ver a un médico inglés en Roma.

La noticia que le dio fue devastadora, pero escondió el informe en un cajón para contárselo a Vincenzo cuando encontrase el momento... aunque no sabía cuándo sería eso.

¿Cuándo era un buen momento para decirle a un hombre que su mayor deseo nunca se haría realidad?

Sin embargo, Vincenzo encontró el informe y estaba esperándola una tarde con el papel en la mano y una expresión de ira que Emma no le había visto nunca.

–¿Cuándo pensabas contármelo? –le espetó–. O quizá no pensabas hacerlo.

–¡Pues claro que sí!

–¿Cuándo?

–En el momento adecuado –contestó ella.

–¿Y cuándo iba a ser eso? ¿Hay un momento adecuado para anunciarle a tu marido que no puedes tener hijos?

–Podemos hacer un tratamiento de fertilidad, podemos adoptar –se aventuró a decir Emma–. O podría ver a otro especialista para pedir una segunda opinión.

—Si tú lo dices...

Nunca lo había visto así, tan desinflado como un neumático al que le hubieran sacado todo el aire.

Su infertilidad los había alejado, eso estaba tan claro como las estrellas en el cielo, pero Vincenzo prefería concentrarse en lo que él llamaba «el engaño». El hecho de que hubiera ido a ver a un médico en secreto, que se lo hubiera ocultado. Hasta que un día Emma se dio cuenta de que por mucho que intentara justificarse y explicarle sus razones, Vincenzo necesitaba culpar a alguien... ¿y a quién mejor que a ella?

Había nadado contra la corriente al casarse con una chica inglesa en lugar de hacerlo con una siciliana pero, además, había elegido mal casándose con una mujer estéril.

Y, para Emma, se había convertido en una sencilla, aunque desgarradora, decisión. ¿Iba a dejar que su matrimonio se destruyera por completo delante de sus ojos, matando incluso los bonitos recuerdos, o era lo bastante valiente como para darle a Vincenzo su libertad?

Él no intentó retenerla cuando le dijo que se marchaba, aunque su rostro se volvió tan frío y aterrador como el de una estatua. Probablemente ni siquiera se daría cuenta de que se había ido, pensó ella amargamente, porque cada día pasaba más tiempo en la oficina y, a veces, ni siquiera se molestaba en ir a cenar.

El silencio con que fue recibida su decisión duró hasta que llegó a la puerta. Cuando se volvió para decirle adiós por última vez, algo en el brillo de sus ojos la detuvo.

–Vincenzo…

Entonces, de repente, él la besó. Y la tristeza y la amargura que había soportado durante los últimos meses desaparecieron mientras la apretaba apasionadamente contra la pared.

Perdió el avión, pero no le importó porque Vincenzo la tomó en brazos después para llevarla al dormitorio.

Por la mañana, Emma abrió los ojos mientras él se vestía y descubrió que estaba mirándola con una expresión helada.

–Vete de aquí, Emma, y no vuelvas nunca más. Ya no eres mi mujer.

Luego se dio la vuelta y salió de la habitación.

Más tarde, en el avión que la llevaba de vuelta a Londres, el dolor y las lágrimas la cegaban.

Y un mes más tarde descubrió que estaba embarazada…

–¡Próxima parada, Waterloo! –la voz del conductor del autobús despertó a Emma de su ensueño. Y, angustiada, se dio cuenta de que estaba en la estación y no había resuelto nada en absoluto.

Como si caminara en sueños, bajó del autobús y entró en la estación para buscar una cafetería, sin fijarse en la gente que se movía a su alrededor. Era raro salir sola, sin su hijo. Le resultaba extraño caminar entre la gente sin estar empujando un cochecito.

Una vez en la cafetería pidió un capuchino, pero la inquietud no la dejaba disfrutar siquiera de ese simple placer. Y era mucho más profunda que la simple preocupación de cómo iba a sobrevivir.

No, su inquietud había sido provocada al volver a ver a Vincenzo... porque sabía que no podía seguir negando la verdad.

Que Gino era su viva imagen.

Cuando sacó la fotografía que llevaba en el monedero, la carita de su hijo hizo que tuviera que contener un sollozo. ¿Había estado negándose a ver el parecido como un mecanismo de defensa para proteger su corazón roto?

En ese momento su móvil empezó a sonar... pero no era el número de Joanna el que aparecía en la pantalla, sino uno desconocido. Aunque Emma sabía quién era.

Con el corazón en la garganta, contestó:

–¿Sí?

–¿Has pensado en mi oferta, *cara*?

Y, de repente, Emma supo que no podía seguir huyendo. Porque había llegado a un callejón sin salida y no había ningún sitio al que pudiera ir.

Vincenzo tenía que conocer la existencia de Gino.

–Sí –contestó pausadamente–. No he pensado en otra cosa. Y tengo que hablar contigo.

¿Por qué no terminar con aquello lo antes posible? ¿Para qué tener que volver a llamarlo y volver a pedirle a Joanna que cuidase del niño cuando ya estaba en la capital?

–Podemos vernos más tarde.

De modo que había cambiado de opinión, pensó Vincenzo, la sensación de triunfo que experimentaba iba acompañada de una amarga decepción. ¿No había disfrutado cuando Emma le devolvió los insultos? ¿No había visto un eco de la mujer de la que se había enamorado en Sicilia? La chica que se mostraba remilgada, la que se había negado a acostarse con él esa primera noche. Y la segunda… y la tercera.

Pero no. Aparentemente estaba en lo cierto: todo el mundo tenía un precio, incluso Emma. *Especialmente* Emma.

–Esta tarde tengo varias reuniones. ¿Conoces el hotel Vinoly?

–Sí, lo he oído nombrar.

–Nos vemos allí a las seis, en el bar Bay Room.

Emma cerró los ojos, aliviada. Allí podría contárselo y, además, era lo mejor. Vincenzo no podría montar una escena en un lugar público.

–Allí estaré.

–*Ciao*.

Tendría que llamar a Joanna para decirle que llegaría más tarde de lo esperado y encontrar algo con lo que pasar el rato hasta las seis.

Y buscar la manera de decirle a Vincenzo que tenía un hijo.

Temía pensar en la reacción de su marido pero, pasara lo que pasara, se enfrentaría a ello. Tenía que hacerlo por Gino.

Capítulo 5

DESPUÉS de pasear un rato por la ciudad, Emma terminó entrando en el elegante baño de unos grandes almacenes para lavarse las manos y atusarse un poco el pelo.

Los comentarios de Vincenzo la habían hecho sentirse poco atractiva y eso era lo último que necesitaba cuando estaba a punto de entrar en uno de los mejores hoteles de la ciudad para soltar aquella bomba.

Su corazón palpitaba como loco mientras entraba en el bar Bay Room, pero enseguida vio a Vincenzo hablando con un camarero, alto y llamativo con su elegante traje oscuro y totalmente cómodo en aquel sitio.

Nerviosa, Emma miró a su alrededor. Sentados a las mesas triangulares con sus distintivos sillones de terciopelo color turquesa estaban los hombres y mujeres más poderosos de la ciudad. Mujeres que llevaban vestidos carísimos y zapatos de tacón que desafiaban a la ley de la gravedad.

Y, a pesar de haberse arreglado un poco en el baño de los grandes almacenes, nunca se había encontrado tan fuera de lugar. Se sentía como uno de esos personajes de las novelas victorianas: una niña sucia y harapienta que había dejado de vender cerillas en la esquina para entrar allí. Si hubiera tenido otra alternativa, se habría dado la vuelta.

Pero ya no tenía alternativa.

Vincenzo la observó mientras se acercaba, sus ojos negros eran inescrutables.

De modo que no había pasado la tarde comprándose ropa, observó, como harían muchas mujeres que estuvieran planeando acostarse con un hombre. Y eso debía de significar que de verdad estaba en la ruina... o que seguía teniendo una gran confianza en su atractivo. O ambas cosas.

–*Ciao*, Emma –la saludó.

–Hola –dijo ella, sintiéndose ridículamente incómoda al notar que los camareros la miraban como si fuera una extraterrestre.

–El maître acaba de decirme que, por desgracia, no tienen ninguna mesa libre. Pero nos ha servido una copa en la terraza.

–La vista desde la terraza es infinitamente mejor –asintió el hombre, con la afable sonrisa de alguien que acabara de recibir un gran fajo de billetes–. Haré que alguien los acompañe.

Luego chasqueó los dedos y un chico de uniforme, que no parecía tener más de doce años, los acompañó al ascensor.

Los ojos de Emma decían que no creía una sola palabra y el brillo burlón de los de Vincenzo, que le daba igual. No podía decir nada delante de un extraño y él lo sabía. O quizá sabía que estaba en una posición ventajosa y que ella debía seguirle la corriente si quería el divorcio.

El silencio era sofocante mientras subían en el ascensor y se hizo más opresivo cuando el joven botones los llevó hasta una impresionante suite con un salón lleno de flores. Era cierto que la vista era magnífica, las estrellas y los rascacielos resultaban visibles a través de una pared enteramente de cristal.

Pero lo más evidente eran las dos puertas que llevaban a una habitación dominada por la cama más grande que había visto en toda su vida. Era un insulto, pensó.

—¿Necesita algo más, señor?

—No, gracias.

Emma esperó hasta que el chico los dejó solos para volverse hacia Vincenzo, que estaba quitándose la chaqueta.

—Dijiste que íbamos a tomar una copa, pero esto es una suite.

Él sonrió mientras se soltaba la corbata. Así que quería jugar, ¿eh?

—Las dos cosas son compatibles. Bebe todo lo que quieras, *cara* —contestó, señalando una botella de champán.

—¿Estás diciendo que el maître no hubiera encontrado una mesa para ti abajo si la hubieras pedido?

–Podría haberla pedido, sí –asintió él–. Pero no puedes negar que aquí estamos más cómodos. Y es mucho más íntimo, por supuesto –añadió, sirviendo dos copas de champán con los ojos brillantes–. Quítate el abrigo.

Nunca en su vida se había sentido tan ahogada, como si alguien le estuviera apretando el cuello, robándole el aire. Pero Emma se quitó el abrigo y aceptó la copa que le ofrecía mientras se dejaba caer en el sofá.

Había pasado mucho tiempo desde la última vez que tomó champán y la quemazón del alcohol le recordó que no había comido nada desde el desayuno.

«Cuéntaselo de una vez».

–Vincenzo… esto no es fácil para mí.

Él se sentó a su lado en el sofá con una arrogante sonrisa. ¿El beso de antes la habría hecho recordar todo lo que se había perdido durante esos dieciocho meses?, se preguntó.

Apartando la copa de su temblorosa mano, la dejó sobre la mesa y pasó un dedo por el severo escote del vestido. Y, al hacerlo, sintió que se estremecía.

–Sólo será difícil si queremos que lo sea… o si tú crees que esto es algo que no es. ¿Por qué no admitir que seguimos sintiéndonos atraídos el uno por el otro?

Emma lo miró, horrorizada. Vincenzo pensaba… de verdad pensaba que había vuelto para hacer un trato con él: un rápido divorcio a cambio de una noche de sexo.

–No me refería a eso.

Pero él no estaba escuchando. La deseaba y parecía transfigurado mientras miraba cómo su agitada respiración hacía que sus pechos se marcaran bajo el vestido… estaba más excitado de lo que recordaba haber estado nunca desde la última vez que hizo el amor con ella. O más bien, la última vez que se acostaron juntos. No había habido amor en ese último encuentro. Tal vez no lo había habido nunca. Quizá lo que sintió por ella no había sido más que el deseo de hacerla suya.

–Me da igual. De hecho, no me importa nada salvo esto –murmuró, buscando sus labios en un beso lento, embriagador.

La besaba como la había besado en el despacho, pero esa vez era diferente. Esa vez no estaban en su territorio, con la posibilidad de que su secretaria entrase en cualquier momento. Y esa vez, Emma sabía que estaba vencida porque en unos minutos tendría que contarle algo que cambiaría su vida de forma irrevocable.

Iba a tener que vivir con el desprecio que Vincenzo intentaba disimular en aquel momento porque la deseaba. ¿Y no lo deseaba ella también? Si era sincera consigo misma, debería admitir que nunca había dejado de desearlo.

¿Por qué no podía tener esa última vez antes de que empezasen las recriminaciones? Un último momento de felicidad antes de que las nubes negras descendieran sobre ella.

–Vincenzo... –murmuró, enredando los dedos en sus poderosos hombros–. Oh, Vincenzo.

Él cerró su corazón a los recuerdos que despertaban esos murmullos, apretándola contra su pecho, sintiéndola temblar, sintiendo el sedoso roce de su pelo. La fiera palpitación de su entrepierna lo tenía encendido y la besó con más pasión de la que había besado a nadie antes, explorándola con los labios como si no pudiera apartarse nunca.

–Tócame –la urgió, con voz ronca–. Tócame como solías hacerlo.

La vulnerabilidad que había en su voz era casi insoportable, tan embriagadora como la temblorosa demanda... ¿o se lo estaba imaginando? Tal vez estaba oyendo lo que quería oír. Pero, en cualquier caso, estaba demasiado excitada como para apartarse, de modo que pasó las manos por su torso, sintiendo el vello bajo la fina seda de la camisa.

–¿Así? –susurró.

–*Piu*.

–¿Más?

–Sí, más. Mucho más.

Emma deslizó las manos hasta su entrepierna, tocando la indiscreta erección, y él murmuró algo que sonaba como una palabrota en siciliano. Como si no pudiera soportar depender de sus sentidos, aunque lo disfrutaba.

–¿Así?

–Sí, exactamente así. Ah, Emma… –musitó con voz ronca.

Una bruja, eso era.

Vincenzo pasó las manos por su cuerpo, ese cuerpo que conocía tan bien, como si lo estuviera haciendo por primera vez. Y quizá así era, porque le parecía otro. No sólo estaba mucho más delgada, sus pechos también parecían tener una forma diferente… o al menos eso era lo que le parecía tocándola por encima de la ropa.

–Quítate el vestido –le pidió.

Pero a pesar del clamor de su cuerpo, Emma seguía nerviosa. No esperaría que se levantase y empezara a quitarse la ropa para él como había hecho tantas veces cuando estaban recién casados. En vista de su situación, eso sería imposible. Se sentiría como si Vincenzo estuviera comprándola.

¿Y no era así?, le preguntó una vocecita interior.

Pero Emma decidió no escucharla.

–Quítamelo tú.

–Si insistes… –murmuró él.

Eso se le daba bien, por supuesto. ¿A cuántas mujeres habría desnudado desde la última vez que la tuvo a ella entre sus brazos?, se preguntó Emma mientras le quitaba la prenda y la dejaba caer al suelo.

Sus ojos negros la quemaban como un diabólico rayo láser.

–Deja que te mire.

Emma sintió ganas de cruzar los brazos sobre el pecho para ocultarse.

—¡Medias de algodón! ¿Desde cuándo usas medias de algodón? —exclamó Vincenzo entonces.

Desde que dejó de ser la posesión de un millonario, pensó ella. Quizá su marido no sabía que usar medias de seda y ligueros no era compatible con levantarse al amanecer para darle el pecho a un niño.

Pensar en Gino fue suficiente para quedarse momentáneamente inmóvil. Quería parar y decirle que aquello era absurdo. Pero para entonces Vincenzo le había quitado las medias y estaba hundiendo la cabeza entre sus piernas... besándola allí, por encima de las bragas, hasta que ella empezó a moverse, impaciente, con un deseo que era casi insoportable.

—Vincenzo...

—¿Quieres que nos vayamos a la cama?

¿Parar? ¿Tener tiempo para pensar en lo que estaba haciendo? ¿Dejar que la razón y la lógica arruinasen algo que la hacía sentirse viva por primera vez en casi dos años? Sabía que aquello era una locura, pero su cuerpo tenía otras ideas. Y Vincenzo seguía siendo su marido, pensó luego...

—No —susurró, enredando los dedos en su pelo negro como había hecho tantas veces en el pasado—. Vamos a hacerlo aquí.

Su capitulación provocó en él un gemido ronco de placer. Le gustaba su rápida transformación de reina del hielo a sirena. Pero siempre le había encantado la fiera pasión que había bajo ese frío exterior. Esa sensualidad que él había logrado despertar, al menos durante los primeros meses de matrimonio.

Él le había enseñado todo lo que sabía, ¿por qué no iba a disfrutar de los frutos de su labor una vez más, para ver si había mejorado durante ese tiempo?

–Quítame la camisa.

Emma, con dedos temblorosos, hizo lo que le pedía, apartando la suave seda de la más sedosa piel de su torso, acariciando el vello que crecía allí... pero, de repente, Vincenzo apretó su mano.

–Más tarde –le dijo–. Habrá tiempo para eso más tarde, pero ahora...

Estaba quitándose el cinturón mientras Emma pensaba que no habría un «más tarde».

«Díselo ahora», le urgía la vocecita interior.

Pero no le hizo caso. No podía hacerlo porque un gemido escapó de su garganta al sentir los labios de Vincenzo sobre sus hombros y su cuello. Emma se encontró besando su duro y orgulloso mentón, oyendo el gemido de placer masculino.

Qué cruel podía ser el sexo, pensó. No sólo cruel sino insidioso, porque te hacía sentir cosas que no eran reales. Podía hacerte creer que aún seguías amando a alguien... y ella no amaba a Vincenzo. ¿Cómo iba a amarlo después de todo lo que había pasado?

Después de quitarse el pantalón, la tumbó sobre el sofá y se colocó sobre ella. Y, por un momento, el tiempo se detuvo. Vincenzo se quedó inmóvil, como un coloso dorado antes de entrar en su ansiosa y húmeda cueva.

–Vincenzo… –gimió mientras la penetraba con una larga y deliciosa embestida, llenándola completamente.

Él se detuvo y la miró con sus ojos negros opacos de deseo. Y en ellos había un brillo de algo más, algo que parecía ira. Pero no podía ser ira en un momento como aquél.

–¿Vincenzo?

Vincenzo sacudió la cabeza y empezó a moverse de nuevo, odiando el poder que Emma tenía sobre él. Un poder que lo convertía en un muñeco a su merced.

Miró la visión que había debajo de él, los ojos cerrados, las mejillas enrojecidas mientras levantaba sus perfectas piernas para enredarlas en su cintura.

¿No había visto esa misma escena en sueños durante casi dos años? Pero, con toda seguridad, aquello haría que la olvidase para siempre.

–Mírame –le ordenó–. Mírame, Emma.

A regañadientes, ella abrió los ojos. Con los ojos cerrados podía dejar volar a su imaginación. Inventar, fingir que aquello estaba pasando sólo porque dos personas se querían la una a la otra. Qué lejos de la verdad estaba eso, qué complejos eran los motivos que los habían llevado allí.

–Oh, Vincenzo...

–¿Soy el mejor amante que has tenido nunca? –preguntó él con voz ronca, metiendo las manos bajo sus nalgas.

–Tú sabes que sí –contestó Emma, a punto de llegar a aquel sitio mágico donde sólo él podía llevarla. Y antes de lo que esperaba.

Como si estuviera siendo catapultada a las estrellas para bajar luego de manera lenta, deliciosa.

–Vincenzo... oh, oh... sí, sí, sí...

Él sintió sus espasmos y tuvo que hacer un esfuerzo para contenerse. Veía cómo Emma echaba la cabeza hacia atrás, clavando las uñas en sus hombros. Y entonces se dejó ir, disfrutando de su propio placer. Y no recordaba que nunca hubiera sido tan intenso, dejándolo saciado y profundamente exhausto.

El orgasmo parecía no terminar nunca, pero incluso después de haber terminado se quedó dentro de ella un momento.

Miró entonces su enrojecido rostro, el pelo rubio empapado de sudor. En el pasado lo habría apartado con ternura, pero no ahora... pues tal gesto implicaría algo que no sentía.

Vincenzo se apartó, levantándose del sofá para servirse un vaso de agua en el bar.

–¿Te das cuenta de que estábamos tan entusiasmados que se nos ha olvidado usar un preservativo? –bromeó–. Pero, como los dos sabemos, ése es un tema que no debe preocuparnos.

Incrédula, Emma lo miró desde el sofá. Qué increíblemente cruel decir algo así. ¿Había guardado ese escarnio para el final, después de la intimidad que acababan de compartir? ¿Había intentado herirla como nada más podía hacerlo?

Pues se equivocaba, como estaba a punto de descubrir. Pero su brutalidad le recordaba que no debía hacerse ilusiones sobre Vincenzo Cardini.

—Eso era completamente innecesario —le dijo.

—¿Por qué? Es la verdad.

No la creería cuando le hablase de la existencia de Gino, pensó Emma, buscando sus bragas en el suelo. Iba a decírselo, pero no pensaba estar desnuda cuando lo hiciera.

Él la observó vestirse sin hacer nada para impedirlo. Si la deseaba de nuevo, sencillamente la desnudaría, pero en aquel momento estaba disgustado consigo mismo. Qué fácil era que los deseos del cuerpo escondieran la realidad de una situación, pensó. Pero una vez que la pasión había desaparecido, uno se quedaba mirando los fríos hechos...

Emma ya no era nada más que una esposa desleal que acababa de acostarse con él para conseguir un divorcio rápido.

Suspirando, Vincenzo empezó a vestirse, deseando alejarse de allí lo antes posible.

—Vincenzo... —Emma había terminado de vestirse y estaba arreglándose un poco el pelo—. Tengo algo que decirte.

Él apenas la miró mientras se abrochaba los cordones de los zapatos.

–Ya me imagino.

Ella respiró profundamente. ¿Cuántas maneras había de decirlo? Sólo una, porque las palabras eran tan poderosas que nada podría reducir el impacto.

¿Pero podría decírselo?

–Vincenzo, tienes... quiero decir tenemos... –Emma se aclaró la garganta, intentando controlar los furiosos latidos de su corazón–. La cuestión es que... verás, Vincenzo, tienes un hijo. Tenemos un hijo.

Capítulo 6

VINCENZO pensó que había oído mal, pero algo en el estrangulado tono de su voz lo puso en alerta.

–¿Qué has dicho?

Emma tragó saliva.

–He dicho que tienes un hijo. O más bien, que tenemos un hijo. Se llama…

–¿Qué estás diciendo? –la interrumpió él, furioso–. Puedes tener tu precioso divorcio, Emma. Después de todo, te lo has ganado. Aunque el sexo ha sido muy breve, como medida catártica seguramente ha merecido la pena. Pero, por favor, no me cuentes más mentiras.

Ella sacudió la cabeza, intentando concentrarse en lo que tenía que decir.

–Pero es que no es mentira. Te juro que no lo es.

–¿Lo juras? –repitió él, sus ojos brillaban como carbones encendidos–. ¿Cómo te atreves a decir que tengo un hijo?

–Porque es la verdad.

–Pero eso no es posible –Vincenzo dio un paso adelante, furioso–. Tú eres estéril, Emma. No puedes tener hijos. El médico te lo dijo hace dos años. Envió un informe diciendo exactamente eso... un informe que sigo teniendo yo. No lo habrás olvidado, ¿verdad?

–No, claro que no lo he olvidado.

–¿Entonces cómo puedes tener un hijo mío?

Ella tragó saliva.

–¿Podemos hablar de esto con calma?

–¿Con calma? –la voz de Vincenzo era como el hielo–. ¿Es que te has vuelto loca? Me cuentas una mentira como ésa...

–No es mentira. ¿Por qué iba a mentir sobre algo así?

–Se me ocurren muchas razones –dijo él–. Por ejemplo, que echas de menos mi dinero y quieres una parte de lo que crees que te correspondería si tuvieras un hijo.

–¿Me crees una mercenaria?

Vincenzo se encogió de hombros, con el corazón latiéndole con fuerza dentro del pecho.

–Ya lo has demostrado, Emma. Me engañaste haciéndome pensar que seguíamos intentando tener un hijo cuando tú sabías que eso era imposible.

–Yo no te he engañado nunca.

–¿Ah, no? Si eso no es engañar a alguien, me gustaría saber cuál es tu definición de la mentira, *cara*.

–Nunca pensé que sólo te acostabas conmigo para tener un hijo. Quizá fuiste tú quien me engañó a mí desde el principio.

–¿No me digas?

–Estabas tan empeñado en tener un hijo que me daba miedo hablarte del informe del médico.

–¡Y me trataste como si fuera un imbécil! –la acusó él–. No ibas a contarme algo tan importante como eso...

–Pues claro que iba a contártelo.

Vincenzo se pasó una mano por el pelo.

–¿Ibas a contarme que no podías tener hijos?

–Iba a hablarte del informe del médico...

–Y, sin embargo, ahora me dices que tengo un hijo. ¿Cómo es eso posible?

–No lo sé. Mi ginecólogo me dijo que a veces pasan esas cosas...

–Ah, un milagro –dijo él, desdeñoso–. ¿Y cuándo ocurrió ese milagro? ¿Qué tiempo tiene el niño?

El instinto la empujaba a salir de la suite y no volver a verlo nunca más. No iba a suplicarle que reconociera a su hijo.

Pero sabía que debía hacerlo por Gino. ¿Y si un día el niño le preguntaba quién era su padre? Si fuera así, debía ser capaz de mirarlo a los ojos y decirle con toda sinceridad que se lo había contado. Cómo lo interpretase Vincenzo y qué hiciera después dependía de él, pero así ella tendría la conciencia tranquila.

–Diez meses –contestó, viendo cómo él hacía un cálculo mental.

–¿Y cuándo dices que tuvo lugar la concepción de ese supuesto niño?

–Debió de ser la última vez que estuvimos juntos. ¿No lo recuerdas?

–¿Que si no lo recuerdo? No creo que pueda olvidarlo nunca –contestó Vincenzo, amargo.

Su relación había ido erosionándose poco a poco, pero cuando descubrió que le había ocultado la noticia de que no podía tener hijos, de repente Emma se convirtió en una extraña para él. El informe que le había escondido era un símbolo de todo lo malo que había en aquel matrimonio y Vincenzo empezó a dudar que todo en ella fuera tan auténtico como había creído.

–¿De verdad eras virgen cuando te conocí? –le había preguntado una mañana, mientras desayunaban–. ¿O también eso era una mentira?

Vincenzo recordaba cómo la luz había desaparecido de los ojos azules y, sí, eso lo había complacido.

–¿Para qué voy a contestar? –había sido la respuesta de Emma–. Si piensas tan mal de mí, no tiene ningún sentido que sigamos casados.

Vincenzo recordaba la sensación de alivio que experimentó al oír eso, intentando convencerse a sí mismo de que se alegraría de decirle adiós.

Pero la realidad de la separación fue más dura de lo que había anticipado. Echaba de menos su pelo rubio, su alegre sonrisa, aquel cuerpo de pecado. Hasta que se recordó a sí mismo que ésas eran cosas externas fácilmente reemplazables y que, en realidad, no reconocía a la Emma con la que se había casado. Su confianza en ella había desaparecido y para un orgulloso siciliano la confianza lo era todo.

Sabía que se encontraba en una situación absurda, con Emma al otro lado de la lujosa suite. Tenía el pelo despeinado y las mejillas rojas después de hacer el amor.

¿Qué iba a hacer con la extraordinaria revelación de que tenía un hijo?

Tomándose un tiempo para pensar con absoluta frialdad, algo que sus rivales en los negocios habrían reconocido con angustia, Vincenzo se sirvió otro vaso de agua mineral. Por una vez le habría ido bien el efecto del alcohol, pero necesitaba tener la cabeza fría, más que nunca.

–La cuestión es si te creo –dijo por fin– o si te has inventado esa historia para intentar sacarme todo el dinero que puedas.

Emma contuvo el instinto que la empujaba a levantarse y salir de allí sin decir una palabra más. Tenía que hacer aquello por su hijo.

–¿Crees que elegiría este método para sacarle dinero a un hombre como tú? ¿Que me sometería a esta humillación? Preferiría fregar suelos antes de hacer eso.

–¿Y por qué no lo haces?

Esas palabras fueron la gota que colmó el vaso y su decisión de permanecer calmada se fue por la ventana. Todas las preocupaciones, la lucha para sacar adelante a su hijo durante esos meses, la decisión de contárselo a Vincenzo cuando era lo último que quería hacer, su propia debilidad de acostarse con él… todo eso explotó como un cóctel de ansiedad e indignación.

–¡Porque tengo que cuidar de un niño pequeño al que no puedo dejar solo! La niñera me costaría más de lo que yo puedo ganar –le espetó, airada–. ¿Pero cómo vas a saber tú eso, un niño rico y mimado toda la vida? Puede que el dinero haya hecho tu vida más fácil, Vincenzo, pero también te ha convertido en un ser despreciable. Eres incapaz de ver a los demás como personas decentes. Cada vez que conoces a alguien, te preguntas: ¿esta persona quiere conocerme o sólo quiere poner sus manos en mis millones? En realidad, resultas patético.

–¡Ya está bien!

–¡No, no está bien! –exclamó ella.

–No estás en posición de darme un sermón sobre moralidad, Emma.

–¡Ni tú tampoco a mí!

Vincenzo respiró profundamente.

–Dime una cosa: ¿te has acostado conmigo porque pensabas que eso te colocaría en mejor posición para negociar? Porque yo que tú me pensaría esa estrategia en el futuro, *cara*. Tu valor aumentaría mucho si dificultaras el sexo hasta después de haber acordado un precio.

Furiosa, Emma se levantó de un salto y cruzó la habitación para abofetearlo. Pero en lugar de mostrarse ofendido, Vincenzo se rió, sujetándole la mano.

–¿Te imaginabas que eso me haría verte de otra forma?

–No me imaginaba nada. Sólo es lo que te mereces.

La furia que había en sus ojos azules en lugar de irritarlo lo excitaba. Y le hubiera gustado estrecharla entre sus brazos para buscar un rápido y urgente alivio a su deseo. Pero el sexo sin ataduras era una cosa, y acostarse con ella después de lo que le había dicho, otra muy diferente.

Vincenzo atravesó la suite, dándole la espalda. La gente siempre decía que su rostro era frío y hermético, que intentar averiguar lo que estaba pensando era como intentar descifrar un jeroglífico. Pero Emma sabía hacerlo mejor que los demás porque, inevitablemente, lo conocía mejor que la mayoría. De modo que debía tener cuidado.

Mirando por la ventana, estudió el brillo oscuro del río y las luces de los edificios que reflejaba. La lógica le decía que Emma estaba mintiendo. Y también le decía que si persistía en ello, tendría que involucrar a sus abogados. No sería la primera vez que un hombre rico recibía una demanda de paternidad. Pero, afortunadamente, había maneras de descubrir la verdad.

Debería decirle que se fuera y llamar a su abogado por la mañana. Ni siquiera tendría que volver a verla, pensó. Pero el instinto le dijo que no escuchara a la voz de la lógica y Vincenzo no sabía por qué.

¿Era porque el sexo entre ellos era dinamita como siempre lo había sido? ¿Porque Emma había despertado un ansia que sólo ella podía saciar?

¿No tendría más sentido seguirle el juego para poder disfrutar de su cuerpo durante algún tiempo, antes de separarse para siempre? ¿Y la renovada prueba de su duplicidad no lo ayudaría a matar del todo el hechizo que Emma todavía ejercía sobre sus sentidos?

Al darse la vuelta la vio mordiéndose los labios como una estudiante nerviosa antes de un examen. ¿Estaba nerviosa? Claro que sí.

—¿Dónde vives? —le preguntó.

—En un pueblo que se llama Boisdale, a una hora de aquí.

—¿Has venido en coche?

Aún dolida por todo lo que había pasado, Emma se preguntó en qué planeta vivía aquel hombre. Ah, sí, en el planeta Dinero. Vincenzo había imaginado que tenía problemas económicos, pero alguien de su posición no tendría ni idea de lo que significaba eso. Que ella no tuviera dinero para comprar un coche o pagar la gasolina debía de resultarle completamente absurdo.

—No, aún no tengo permiso de conducir —contestó, deseando alejarse lo antes posible. Alejarse de aquel desdeñoso rostro y del recuerdo de lo que acababa de pasar. Lo único que quería era meterse en un baño caliente en cuanto llegase a casa para borrar toda huella de Vincenzo Cardini—. He venido en tren.

Emma miró su reloj, pero los números eran un borrón ante sus ojos. Al fin se lo había dicho y él no la había creído. Gino no podría culparla nunca y quizá aquello era lo mejor. No tenía que volver a ver a Vincenzo y encontraría la manera de salir de aquel apuro.

—De hecho, tengo que irme ahora mismo.

—Voy a pedir el coche —dijo él, sacando el móvil del bolsillo.

—Gracias, pero no es necesario.

—¿Piensas que estoy siendo caballeroso, *cara*? —Vincenzo sacudió la cabeza—. Pues estás equivocada. Puede que tú te conformes con el transporte público, pero te aseguro que yo no.

—No te entiendo.

—¿Ah, no? ¿No entiendes que voy a ir contigo?

—¿Qué quieres decir...? ¿A Boisdale? ¿Pero no acabas de decir que no me crees?

—Y no te creo —dijo él, marcando un número en el móvil y diciendo algo en siciliano antes de volverse para mirarla—. Pero la manera más fácil de quitarse de en medio un papeleo innecesario es ver al niño por mí mismo.

—¿Crees que podrás saber si eres o no su padre sólo con verlo?

—Pues claro que sí. Los genes de los Cardini son incuestionables —contestó Vincenzo—. Tú lo sabes tan bien como yo.

—Pero estará dormido.

—Mucho mejor. No tengo intención de despertarlo —dijo él—. Ponte los zapatos y vamos a terminar con esto de una vez. El coche está abajo.

Capítulo 7

FUE UN viaje espantoso.
A pesar del lujoso coche de Vincenzo, condu-
cido por un chófer uniformado, Emma estaba
tan tensa como si estuviera a punto de enfrentarse
a un pelotón de ejecución. Y así era exactamente
como se sentía; sólo que se enfrentaba a sus letales
palabras en lugar de a una fría pistola.

¿Y qué había esperado que ocurriera? Ella sabía
qué clase de hombre era Vincenzo Cardini. ¿De
verdad había imaginado que aceptaría que tenía un
hijo sin hacer nada? ¿Que asentiría con la cabeza y
le daría el divorcio después de preguntarle cuándo
le resultaría conveniente que fuese a visitar al
niño?

Sí, claro.

Qué tonta había sido al no anticipar aquello.

Pero al menos de esa forma, todo habría terminado enseguida. Vincenzo vería la carita de Gino y
de inmediato se daría cuenta de que era su hijo.

Emma juntó las manos. Y, por supuesto, eso
crearía más problemas. Pero al menos habría hecho lo que tenía que hacer y, tras la discusión ini-

cial, los dos eran lo bastante maduros como para llegar a un compromiso que fuera beneficioso para el niño.

–¿Quién está cuidando de él?

Vincenzo, como siempre, había conseguido que la pregunta sonara como una acusación.

–Mi amiga Joanna.

–Ya entiendo. ¿Tiene experiencia cuidando niños?

–Tiene un niño de la misma edad, de modo que sí –contestó ella–. Hoy lo ha dejado con su marido para poder cuidar del mío.

Vincenzo tamborileaba con los dedos sobre el asiento de piel.

–Dime una cosa, ¿sueles dejar a tu hijo con un extraño siempre que vas a Londres a acostarte con alguien?

Era una pregunta repugnante y Emma tuvo que hacer un esfuerzo para controlar su rabia.

–¿Cómo te atreves a decir algo así? Incluso un monstruo como tú debería tener más delicadeza.

–¿Quieres decir que lo que ha pasado hoy no es tu comportamiento habitual con los hombres?

–¡Tú sabes perfectamente que no! Pero mira, déjalo, es mejor que no hablemos. Tú no eres capaz de portarte como un ser civilizado… y lamentablemente, eso empieza a ser contagioso.

Vincenzo tuvo que disimular una sonrisa. No, Emma no había cambiado. Y sabía, en el fondo, que decía la verdad. Pero, a pesar de su aire de mujer intocable, distante, era increíblemente apasionada. ¿No había sido precisamente eso lo que lo atrajo de ella, lo que lo había hecho perder el control más veces de las que quería recordar?

Pero era un hombre siciliano y eso significaba que tenía ideas muy anticuadas, hasta él mismo lo reconocía, en lo que se refería a cómo debían comportarse las mujeres con respecto al sexo.

En la suite del Vinoly, Emma se había comportado con el abandono de una amante, no como una joven madre que había dejado a su hijo con alguien que ni siquiera era de la familia. Y aunque había disfrutado de la experiencia, se despreciaba a sí mismo por esa debilidad.

Vincenzo giró la cabeza para mirar el oscuro paisaje inglés que pasaba a toda velocidad al otro lado de la ventanilla hasta que el conductor aminoró la velocidad para atravesar un portón de hierro forjado. Al final de una carretera flanqueada por árboles había una casa impresionante, con todas las luces encendidas.

–¿Vives ahí? –le preguntó, sorprendido.

Por un momento, Emma sintió la tentación de decir que sí. Que sencillamente estaba fingiendo tener problemas económicos como una especie de absurda broma.

–No, vivo en una casita alquilada. ¿Puedes decirle al conductor que gire a la derecha y cruce el puente sobre el lago?

Vincenzo pulsó el intercomunicador y habló

con el chófer en italiano, pero cuando la limusina se detuvo delante de la casa, hizo un gesto de sorpresa porque aquello no era lo que había esperado.

Era diminuta; una de esas casitas de piedra que salían en las postales inglesas, con hiedra colgando alrededor de la puerta.

Aunque el frío viento los golpeó cuando salieron del coche, a Emma le sudaban las manos.

—Será mejor que entre yo antes para advertirle a…

—No —la interrumpió Vincenzo—. No tienes que advertir a nadie, *cara mia*. Iré contigo.

Emma se sintió atrapada, pero seguramente eso era lo que él quería. Aunque no debía ser así. Aquél era su territorio. Vincenzo sólo estaba allí porque quería convencerse a sí mismo de que el niño era hijo suyo.

«Pues va a llevarse una sorpresa, *signore* Cardini», pensó.

La luz del salón estaba encendida y Joanna se encontraba sentada en el sofá, envuelta en una manta mientras veía la televisión.

—Ah, hola. Oye, cielo, aquí hace un frío horrible… —empezó a decir. Pero al ver al hombre que iba tras ella, se quedó callada.

—Joanna, te presento a Vincenzo Cardini —dijo Emma, sin dar más explicaciones—. ¿Cómo está el niño?

—Muy bien. Aunque le ha costado dormirse porque echaba de menos a su mamá —sonrió Joanna—.

Deberías hablar con Andrew para que ponga calefacción, Emma. El baño estaba helado.

–¿Andrew? –repitió Vincenzo–. ¿Quién es Andrew?

–Mi casero –contestó Emma.

–Bueno, será mejor que me vaya –dijo Joanna entonces, cohibida.

–Gracias, Jo. Te agradezco mucho que te hayas quedado.

Los dos se quedaron en silencio mientras Joanna tomaba su abrigo y salía de la casa.

–¿Dónde está? –preguntó Vincenzo en cuanto se quedaron solos.

–En su habitación, ahí –contestó ella, señalando la puerta–. Por favor, no lo despiertes.

Los labios de Vincenzo se contrajeron en una mueca.

–No tengo la menor intención de despertarlo. Sólo he venido para quedarme tranquilo.

Emma entró angustiada en el dormitorio de Gino, intentando verlo como lo veía él. Aunque eso daba igual porque su corazón se llenó de orgullo maternal al mirar a su hijo.

Estaba dormido, con los puñitos apretados a cada lado de la cara, como preparado para una pelea. Como siempre, había apartado el edredón con los pies y, automáticamente, ella se acercó para taparlo.

–No, espera.

–Pero…

–Espera un momento, quiero verlo.

Se quedó sin aliento mientras Vincenzo se acercaba a la cuna e inclinaba la oscura cabeza, rozando el móvil de animalitos que tanto divertía a Gino. Y, al verlo, se quedó tan inmóvil como una formidable estatua de ébano.

Emma tragó saliva, esperando.

Con el corazón acelerado, Vincenzo supo que aquella escena estaría grabada en su memoria para siempre: los rizos oscuros, el gesto casi petulante en los labios del niño, tan parecido al gesto que le devolvía el espejo todos los días. Aunque sólo había una lamparita encendida, nada podía esconder la piel morena del niño, ni la forma de sus cejas, ni la altura y la fuerza de aquella cosita tan pequeña.

Sin darse cuenta, dejó escapar el aire que había estado conteniendo, el sonido era como el de un neumático pinchado. Y luego, sin decir nada, se dio la vuelta y salió de la habitación.

Emma cubrió al niño con el edredón y acarició su pelito, casi como si quisiera despertarlo. Pero Gino estaba profundamente dormido, seguramente agotado después de jugar todo el día, y ella no podía seguir escondiéndose.

«No has hecho nada malo», se dijo a sí misma.

De modo que volvió al salón, donde Vincenzo la esperaba con la postura de un verdugo y los ojos negros llenos de rabia.

–¿Por qué no me lo dijiste? –le espetó.

–Te llamé dos veces, pero no quisiste ponerte al teléfono.

–¡Yo tenía derecho a saberlo!

–Te repito que llamé dos veces, pero no quisiste hablar conmigo –insistió Emma, intentando conservar la calma.

Había pensado que aquélla sería la solución a sus problemas y, sin embargo, parecía estar creando problemas nuevos. Problemas para los que no iba a ser fácil encontrar una solución.

Vincenzo estaba mirando a su alrededor con expresión incrédula: el viejo sofá de flores, claramente de segunda mano, la pintura desconchada de la pared, las marcas de cuadros que una vez habían colgado allí...

–¿Cómo has podido criar a mi hijo en un sitio como éste? ¿Cómo has podido condenarlo a una vida de miseria?

–Me temo que quien ha condenado a tu hijo a una vida de miseria has sido tú al negarte a contestar a mis llamadas –replicó ella–. Pero veo que aceptas que es hijo tuyo.

Vincenzo intentó elegir cuidadosamente sus palabras. Había esperado ver al niño y no sentir nada. Incluso pensó que tendría que soportar una punzada de celos al verse enfrentado con el hecho de que Emma, la mujer que había sido su esposa, se había acostado con otro hombre.

Pero no fue así. De hecho, lo que había experimentado al ver al niño era algo que jamás hubiera

imaginado. Porque lo había sabido inmediatamente, como si hubiera estado programado para
reconocer a aquel niño. Había visto fotografías suyas de cuando era pequeño y el parecido era inne-
gable.

Pero era más que eso. Algo desconocido que se
había agarrado a su corazón mientras lo miraba...
un lazo primitivo que lo unía a aquella cosita que
reposaba en la cuna.

–¿Cómo se llama?

–Gino.

–Gino –repitió él–. Gino...

Su expresión dejaba claro que estaba maravi-
llado. Pero había algo tan extraño en su forma de
mirarla, algo tan frío, tan distante... Emma supo
que debía ser fuerte. ¿No se había dicho eso mismo
por la mañana, antes de ir a verlo? Pues bien, no
podía dejar que la intimidase.

–¿Qué hacemos ahora? –le preguntó.

Vincenzo seguía llevando el abrigo, pero no era
tan tonto como para quitárselo con aquella tempe-
ratura. ¿Estaría su hijo calentito?, se preguntó.

Gino.

Esa vez, al pensar en su nombre, una emoción
desconocida empezó a hacerle cosas desconcertan-
tes en el corazón.

Y, de repente, dio un paso adelante para tomar
a Emma de la mano y tirar de ella, apretándola
contra su torso. Con la mano libre acarició sus
nalgas, sintiendo la suave curva bajo la lana del

abrigo su excitación crecía mientras se apretaba contra ella.

–¿Puedes sentir cuánto te deseo?

–¡Vincenzo!

Había un brillo decidido en sus ojos negros antes de que inclinase la cabeza para buscar su boca. Y esa vez el beso era furioso como un castigo. Si los besos debían ser demostraciones de amor, aquél era la antítesis. Pero eso no evitó que Emma respondiera. No podía hacerlo por mucho que la voz de la razón le dijera que debía intentarlo con todas sus fuerzas.

Tal vez era algo primitivo porque era el padre de su hijo quien estaba besándola. Ahora que Vincenzo había visto a Gino y lo había aceptado como su hijo, ¿no había creado eso un lazo entre los tres? Una trinidad antigua que había sido completada por el nacimiento del niño.

«Eres tonta», se dijo a sí misma. «Inventas fantasías para no avergonzarte de lo que estás haciendo».

–Vincenzo...

Él había empezado a desabrochar los botones de su abrigo y ella le estaba dejando. Luego, cuando le levantó el vestido para rozarse contra ella, Emma le echó los brazos al cuello como había hecho tantas veces en el pasado.

Vincenzo, con el corazón al galope, estaba tan encendido que se moriría si no la hacía suya inmediatamente. Se frotaba contra ella, moviendo las caderas en provocativos círculos tan antiguos como el tiempo, y Emma se dejó caer sobre él como si estuviera atrayéndola con una fuerza magnética irresistible. Podría romper sus bragas como a ella le gustaba, podría hacerle el amor allí mismo...

Pero entonces, tan abruptamente como había empezado, la soltó.

–¿Qué estoy haciendo? –murmuró, atónito, con la voz distorsionada por la angustia.

Sentía la tentación de hacerlo una vez más, a pesar de que Emma le había ocultado que tenía un hijo. Incluso sería capaz de despedir al conductor y acostarse con su mujer...

¿Pero no debilitaría eso su posición?, se preguntó. Si se marchaba ahora, la dejaría insegura, haciéndose preguntas. Y él sabía que la sorpresa era el elemento más efectivo cuando uno quería conseguir algo.

–He escuchado a mi cuerpo demasiadas veces en lo que se refiere a ti, *mia bella*. Demasiadas veces has usado tus hechizos para volverme loco, pero ya no. Esto es demasiado importante. Ahora tengo que pensar con la cabeza en lugar de...

Vincenzo bajó la mirada hacia la fuente de su desazón y vio que Emma se ponía colorada. ¿Cómo podía ruborizarse como una adolescente cuando un minuto antes estaba entre sus brazos?

–Volveré mañana, a las nueve.

Algo en el tono de su voz la puso en alerta.

–¿Volver para qué, exactamente? –le preguntó.

Vincenzo se pasó una mano por el pelo. A Emma le gustaría mucho saber lo que estaba pensando, por supuesto.

–Tendrás que esperar para saber la respuesta –contestó, irónico.

Capítulo 8

EMMA no pudo pegar ojo esa noche, preguntándose cómo había podido ser tan tonta de dejarse seducir por Vincenzo. ¿Qué clase de locura la había poseído?

Ella conocía bien su machista actitud siciliana hacia las mujeres. Vincenzo pensaría que se había portado como una cualquiera, sin culparse a sí mismo por ello, naturalmente.

Estaba claro que no sentía nada por ella más que desprecio y si seguía portándose de esa manera, sólo conseguiría reafirmar esa impresión. Y de ese modo estaría debilitando su posición para negociar.

Porque nunca, ni por un momento, debía olvidar contra quién estaba luchando. Vincenzo pertenecía a una de las familias más ricas y poderosas de Sicilia, mientras que ella no contaba con medios económicos.

Tenía algo que Vincenzo había deseado toda su vida, su hijo y heredero, y si ya no estaban juntos como marido y mujer, ¿no intentaría él quedarse con la custodia?

Cuando la pálida luz del amanecer empezaba a

asomar por la ventana, Emma apartó el edredón, preguntándose cómo había podido ser tan ingenua como para no anticipar aquello. ¿Había pensado cuando fue a verlo que Vincenzo se portaría como un hombre civilizado cuando jamás se había portado así?

Todo en la vida de Vincenzo Cardini era blanco o negro. Las mujeres eran putas o vírgenes, amantes o esposas. Y ella no sería capaz de cambiar eso.

Entonces, ¿qué podía hacer?

Mientras saltaba de la cama intentaba pensar como lo haría él. ¿Intentaría demostrar que era una madre inadecuada ante los tribunales? ¿Intentaría usar contra ella precisamente aquello por lo que había ido a pedirle ayuda?

Tras ponerse unos vaqueros y el jersey más grueso que pudo encontrar en el armario, Emma se lavó la cara y fue a la cocina para hacerse un café antes de que Gino se despertase.

Qué típico, pensó, irónica. La única vez que necesitaba que el niño estuviera despierto para distraerla porque tenía los nervios a flor de piel, Gino dormía como un tronco.

Afortunadamente, se despertó poco después y sólo con abrazarlo parte de su angustia desapareció.

Estaba haciéndole una papilla de plátano para el desayuno cuando sonó el timbre y, de repente, se dio cuenta de que ni siquiera se había peinado. En fin, al menos así Vincenzo no pensaría que estaba haciendo un esfuerzo para...

Emma frunció el ceño. ¿Cómo lo había llamado él? Ah, sí, «sus hechizos». Pero ése era el problema con Vincenzo, que incluso cuando estaba siendo insultante decía las cosas de tal manera que o te daban ganas de reír o te derretías por dentro.

«Pues no lo pienses», se dijo a sí misma mientras abría la puerta, su gesto defensivo desapareció al ver a Andrew con una cesta de huevos en una mano.

–Buenos días, Emma. Te he traído esto.

–Ah, gracias.

–Me los ha traído una persona del pueblo y he pensado que te irían bien.

Ella parpadeó, sorprendida.

–Estupendo, podemos tomarlos para desayunar.

–¿Te importa que entre un momento?

–No, claro, pasa –dijo Emma, mirando el reloj subrepticiamente–. Estaba a punto de darle el desayuno a Gino. ¿Te importa poner agua a calentar?

Andrew hizo lo que le pedía y luego se volvió, moviéndose de un pie a otro como si estuviera apoyado en una superficie caliente.

–Es que me siento mal por lo del alquiler cuando sé que no puedes pagarlo. Mira, ¿por qué no olvidamos esa conversación?

–¿En serio?

–Sí, claro. Después de todo, eres una buena inquilina y este sitio… en fin, la verdad es que no es precisamente un palacio. Puedes seguir aquí pagando lo que pagabas hasta ahora, no me importa.

Emma sonrió mientras se sentaba para darle la papilla a Gino. Si le hubiera dicho eso un día antes, no habría tenido que discutir con Vincenzo, pensó.

Pero la verdad era que se alegraba de haberle contado que tenía un hijo. No podía huir de él toda la vida, enterrar la cabeza en la arena para intentar evitar lo inevitable... porque era inevitable que Gino conociera a su padre algún día.

Pero al menos las palabras de Andrew habían atenuado esa sensación de pánico, de tener que salir de aquella casa al día siguiente sin saber dónde ir.

–No sabes cómo te lo agradezco, de verdad.

–No digas nada –sonrió él, levantando la cabeza para mirarla con curiosidad–. Me han dicho que anoche vieron un coche frente a tu casa.

Emma, que estaba dándole el desayuno a Gino, se quedó parada.

–¿Hay algo en el contrato que me impida recibir visitas?

–No, claro que no. Es que como no sueles tenerlas...

Gino se había puesto a parlotear y no se dio cuenta de que alguien había llamado a la puerta hasta que Andrew hizo un gesto.

–Me parece que hay alguien en la puerta.

Emma hubiera querido decirle que se fuera o sacarlo por la puerta de atrás... hasta que se dio cuenta de que eso era absurdo. ¿No se había prometido a sí misma que sería fuerte, que dejaría de portarse como si hubiera hecho algo malo? Andrew era su casero y tenía todo el derecho a estar allí.

Pero cuando abrió la puerta y vio a Vincenzo, le dio un vuelco el corazón. Porque era un Vincenzo informal, una criatura completamente diferente al millonario que la había seducido en la oficina el día anterior. Aquel día iba en vaqueros, con una chaqueta oscura.

Un Vincenzo relajado era, sin embargo, más peligroso. Como una serpiente dormida al sol que levantaría la cabeza para soltar todo su veneno si la molestaban.

–Buenos días –lo saludó, aun sabiendo que era mentira. No había nada bueno en aquel día.

Él, mirando por encima de su hombro, no se molestó en contestar.

Gino estaba sentado en su trona y cuando algo llamó su atención giró la cabeza hacia él para mirarlo con sus enormes ojos castaños.

Vincenzo sintió como si algo le oprimiera el corazón, pero no se atrevió a hacer lo que hubiera querido hacer, abrazarlo, porque había un hombre sentado en la cocina de Emma tomando tranquilamente una taza de café. Y ni siquiera se había levantado para saludarlo como hacían sus empleados.

–¿Y quién es usted? –le espetó groseramente.

–¿Perdone? –murmuró Andrew, atónito.

–Ya me ha oído. ¿Quién es usted y qué hace en casa de mi mujer? –insistió Vincenzo.

–¿Su mujer? –repitió Andrew, levantándose

para mirar a Emma–. Pero me habías dicho que estabas separada…

–En realidad no me he separado –suspiró ella–. Quizá sería mejor que te fueras, Andrew.

–¿Seguro?

Era un detalle que insistiera, pero Emma sabía que su casero no podía ofrecerle ninguna solución. A menos que echara al furioso siciliano de su finca… y eso sería prácticamente imposible.

–Sí, seguro. Ya hablaremos más tarde.

Un incómodo silencio descendió sobre la cocina mientras Andrew salía de la casa, pero en cuanto cerró la puerta, Vincenzo se volvió hacia ella.

–¿Te acuestas con él?

–¿Cómo puedes ser tan impertinente? –replicó Emma, estupefacta.

Él se encogió de hombros, como si no tuviera la menor importancia.

–No parece un hombre capaz de saciar tu voraz apetito sexual, *cara*. Aunque eso explicaría que ayer fueras tan ardiente conmigo.

–Esto es increíble…

–Pero no has contestado a mi pregunta.

–Y no tendría que contestar –dijo Emma–. Pero al menos uno de los dos debe demostrar que es un ser civilizado: no, no me acuesto con él.

Vincenzo se había dado la vuelta y estaba acercándose al niño, que lo miraba con tanta atención como un miembro del público miraría a un hipnotizador.

–*Mio figlio* –murmuró, en un tono distorsionado por la alegría y el dolor–. Mi hijo.

Emma hizo una mueca al ver que Gino no se apartaba como solía hacer con los extraños.

«Pero Vincenzo no es un extraño», pensó. Era su padre y quizá el niño reconocía ese lazo de alguna forma.

–*Vene* –le dijo, alargando las manos–. Ven conmigo.

El niño parpadeó un par de veces y se echó hacia atrás en la silla. Pero Vincenzo siguió hablándole en voz baja con su suave acento siciliano hasta que dejó que lo tomase en brazos.

¡Gino estaba dejando que un hombre al que acababa de conocer lo tomase en brazos! Era increíble. Y que Vincenzo consiguiera ganarse el afecto de su hijo con tanta facilidad casi la ponía celosa.

–Aún no lo he bañado, no he tenido tiempo.

Vincenzo miró su pálido rostro, los vaqueros gastados y el enorme jersey de lana que ocultaba sus curvas. Ninguna otra mujer hubiera aparecido ante él vestida de ese modo, pensó. Si la miraba objetivamente, resultaba difícil creer que fuera su mujer. Y, sin embargo, sus enormes ojos azules tenían el poder de excitarlo como nadie.

–Y, por lo visto, tampoco tú te has bañado.

–Porque ésta es mi casa y en mi casa estoy como mejor me parece –replicó Emma–. Tan grosero como siempre, qué raro.

Sin soltar a Gino, Vincenzo empezó a pasear por la habitación mirando las cosas que había en la estantería: una foto de su madre, un reloj que había heredado. Mientras tanto, hablaba en voz baja con el niño y Gino lo escuchaba, fascinado, levantando las manitas para tocar su cara.

«Le está enseñando a hablar en siciliano», pensó, asustada.

De repente, Gino alargó sus bracitos hacia ella y Emma lo tomó en brazos, hundiendo la cara en su pelo para ocultar la emoción que amenazaba con ahogarla.

Vincenzo se acercó a la ventana, más emocionado de lo que hubiera podido anticipar. Y cuando se volvió para mirar a Emma, verla abrazando al niño lo emocionó aún más.

Ella levantó los ojos intentando leer su expresión, pero se encontró con una mirada helada.

Aunque eso no debería sorprenderla. Aparte de los primeros meses de matrimonio, cuando la atracción sexual que había entre ellos era tan intensa, una atracción que habían confundido con el amor, nunca supo lo que le pasaba por la cabeza a su marido. Vincenzo no se confiaba a nadie, le había dicho una vez. Como si hablar de sus sentimientos volviera débil a un hombre.

–¿No vas a ofrecerme un café?

–Sírvetelo tú mismo. Pero es café instantáneo.

–Ah, veo que has adoptado las tristes costumbres de tus paisanos –suspiró él, mientras buscaba una taza en el armario con el aire de un hombre que no ha pisado nunca una cocina.

Emma lo vio encender el fuego para calentar el agua y se quedó atónita. Sabía que había tenido mujeres atendiéndolo toda la vida. En realidad, era una sorpresa que no le hubiera exigido que le hiciera el café, aunque seguramente ni siquiera Vincenzo se atrevería a tanto. Pero qué fácilmente se adaptaba, pensó.

¿Por qué no pudo adaptarse a la vida de casado en lugar de mantener una actitud tan anticuada, tan ridículamente machista? Fue como si al poner esa alianza en su dedo hubiera dado un paso atrás para volver a ser como su padre y su abuelo.

Emma dejó a Gino en la alfombrita que ella misma había tejido durante su embarazo y sacó la caja de cartón donde guardaba sus juguetes. Dentro había contenedores de plástico de diversos tamaños, algunos llenos de arroz o judías porque hacían ruido y eso encantaba al niño.

Vincenzo, que estaba sirviéndose agua caliente para el café, se quedó parado.

–¿Por qué juega con esa basura?

–Esa «basura» son sus juguetes –contestó ella–. Hechos en casa y tan divertidos como los juguetes que se compran en las tiendas. Los niños pequeños aprecian más una cuchara de madera que un juguete caro.

–Que seguramente tú no puedes comprar.

–Pues no, no puedo.

Vincenzo miró a su alrededor, sin molestarse en ocultar su disgusto.

–Parece que no puedes comprar muchas cosas –observó, dejando la taza sobre la mesa–. Y supongo que eso es lo que te hizo volver a mí.

Emma no sintió la necesidad de corregirlo, de decirle que no había «vuelto a él», que aquel encuentro había estado motivado por su deseo de poner fin legalmente a su matrimonio y que no tenía nada que ver con sus sentimientos.

–Quiero lo mejor para Gino.

–¿De verdad? ¿O habías pensado en sacarme todo el dinero que pudieras?

–Como siempre, sólo puedes pensar lo peor de los demás. Ya te lo dije ayer: ése es tu problema.

Vincenzo se encogió de hombros, como si le importase un bledo su opinión. Hablaba en voz baja, presumiblemente para no alarmar a Gino, pero sus palabras contenían veneno.

–Si de verdad quisieras lo mejor para él, te habrías puesto en contacto conmigo hace mucho tiempo.

–¿Otra vez con eso? Ya te dije que te llamé dos veces y tú no quisiste ponerte al teléfono.

–Porque no lo intentaste lo suficiente.

–¿Perdona? ¿Cuántas veces tenía que haberte llamado, cien… mil? No se te ocurra darme un sermón sobre lo que debería o no debería haber hecho. Te llamé y no quisiste saber nada de mí, eso es todo. Si alguien tiene la culpa de que no hayas conocido antes a tu hijo, ése eres tú.

–Me llamaste, pero no dijiste nada sobre el niño. Hiciste lo que creías que debías hacer, pero sin auténtica decisión. Claro que, seguramente, eso era lo que deseabas.

–¿Qué quieres decir con eso?

–Todo lo que haces es para satisfacer tus necesidades, *cara*. Y sigue siendo eso, ¿no? Viniste a mí porque querías dinero y sexo… y, por el momento, has conseguido una de esas dos cosas.

–Yo no estaba buscando sexo. De hecho, me arrepiento de lo que pasó ayer. Fue un error absurdo… un momento de locura.

–¿De verdad? ¿Alguien te obligó a acabar desnuda en el sofá?

–¿Alguien te obligó a ti a seducirme?

Vincenzo hizo un gesto con la cabeza.

–No pareces haber considerado las necesidades del niño…

–¿Cómo que no? ¿Quién eres tú para decir algo así? Fuiste tú quien me echó de tu vida, tú quien me dijo que no quería volver a verme y quien se negó a ponerse al teléfono cuando llamé para decirte que estaba embarazada…

–Podrías haber ido a mi oficina, podrías haberme escrito una carta diciendo que esperabas un hijo.

–¿Y para qué iba a hacerlo si tú no querías saber nada de mí? Aunque te hubieras dignado a contestar a mis llamadas, no me hubieras creído. Sólo has creído que Gino es tu hijo por el parecido físico entre los dos.

–Quizá no te hubiera creído al principio, es cierto. Pero ahora que lo he visto, lo creo. Creo que engendramos un hijo… aunque fuera en las circunstancias menos afortunadas.

–Un hijo al que he tenido yo y a quien *yo* he cuidado desde que nació –le recordó Emma–. Y, por favor, no hables de Gino en esos términos.

–Pero es cierto, *cara*. No negarás que las circunstancias de su concepción fueron lamentables.

Lamentables. Qué palabra tan cruel, tan dolorosa. ¿Y si le dijera que ella había puesto su corazón aquella última vez, en Roma? ¿Que se sentía sola y anhelaba volver a estar con él, que lo único que quería era su amor? ¿Que cuando estaba a punto de desaparecer de su vida para siempre, se había quedado sorprendida por una pasión que parecía la del primer día?

No, si le dijera eso, sencillamente la acusaría de estar mintiendo. Porque, por su expresión, parecía haber decidido que no iba a creerla dijese lo que dijese.

–Vamos a dejar de discutir, contigo no sirve de nada –suspiró–. ¿Qué va a pasar ahora? Supongo que querrás ver a Gino regularmente.

–¿Tú qué crees?

–No lo sé, por eso he dicho que lo suponía –replicó Emma.

Pero lo sabía. Conociendo a Vincenzo, querría llevar sus derechos hasta el límite. ¿Querría pasar las vacaciones en Sicilia con el niño?, se preguntó.

Ese mundo duro y anticuado gradualmente lo alejaría de su madre inglesa…

Iba a tener que ser madura para tratar el asunto de la mejor manera posible y quizá así Vincenzo respondería de la misma manera. Aunque lo dudaba.

–¿Cómo crees que deberíamos solucionar esto? –le preguntó amablemente, como si estuviera pidiéndole la hora a un extraño.

–Volverás conmigo a Sicilia –respondió Vincenzo, su voz fue tan sombría como su cara.

–¿Qué dices? Si crees que voy a volver a Sicilia contigo…

–Entonces no vengas, no puedo obligarte. Pero en ese caso, me llevaré a Gino conmigo.

–¿Crees que te dejaría llevarte a mi hijo? –exclamó Emma, intentando disimular su miedo.

–*Nuestro hijo* tiene una historia que yo no pienso negarle. Voy a llevármelo a Sicilia, Emma. Y si intentas detenerme, al final será peor para ti –Vincenzo se levantó–. Tengo un equipo de abogados trabajando en el caso y te advierto que no les gustó nada que me hubieras ocultado el nacimiento de mi hijo.

–¡Yo no te he ocultado nada! –exclamó ella, angustiada.

Vincenzo tuvo que hacer un esfuerzo para endurecer su corazón al ver que se ponía pálida. Maldita fuera su capacidad para mostrarse tan vulnerable cuando creía que eso podía ayudarla.

–Cuanto más razonable seas, más comprensivo seré yo.

–¿Estás amenazándome?

–No, en absoluto. Sólo te aconsejo que seas razonable…

–¡Estás amenazándome! Y sabía que lo harías, sabía que te comportarías como lo que eres, como un bárbaro. No has cambiado en absoluto. No sé por qué me he molestado en contártelo…

–El pasado es el pasado –la interrumpió él–. Es el presente lo que cuenta ahora y, sobre todo, el bienestar de mi hijo. Voy a llevarme a Gino y, si quieres acompañarnos, tendrás que hacer el papel de mi esposa.

Emma lo miró, perpleja. Era como si hubiera tropezado y estuviera cayendo lentamente en el agujero que Vincenzo Cardini había preparado para ella.

–¿Tu esposa?

–¿Por qué no? Es lo más lógico. Digamos que eso aliviaría la tensión de una situación difícil.

–¿Qué?

–Podemos disfrutar del placer de estar juntos mientras tengamos oportunidad de hacerlo, ¿no te parece?

Emma tuvo que llevarse una mano al corazón. Hablaba con tal frialdad, como si el placer no fuera nada más que una función biológica.

–No puedes decirlo en serio. No tenemos nada en común…

–Claro que sí. Y creo que deberías dejar a un lado la actitud ofendida. En vista de cómo respondes cuando te toco, estás en peligro de parecer una hipócrita.

–Mientras que a ti nunca te ha preocupado el peligro de parecer un cavernícola, claro.

–Mira, no quiero seguir discutiendo. Ya has jugado según tus reglas durante mucho tiempo, ahora es el momento de jugar con las mías. Haz la maleta porque nos vamos a Londres.

Emma se daba cuenta por su expresión obstinada de que resistirse sería inútil. Pero tenía que intentarlo.

–¿No podemos esperar unos días?

–¿Y dejar que intentes escapar de mí?

–¿Por qué iba a escapar de ti? Si quisiera hacer eso, no habría ido a verte –replicó ella.

–¿Tienes tu pasaporte? –le preguntó Vincenzo, como si no la hubiera oído.

–Sí.

–¿Y Gino?

–No.

–Entonces tendré que solucionar eso. Además, los dos necesitáis un vestuario nuevo. Voy a llevaros a Sicilia y mi hijo debe parecer un Cardini, no un mendigo. Y tú… –Vincenzo la miró de arriba abajo– Tú tendrás que vestir como lo haría mi esposa.

Capítulo 9

EMMA miraba el salón de la suite del hotel Vinoly con expresión incrédula. Había ropa por todas partes.

Ropa que parecía de su talla y en los colores que mejor le sentaban. Vestidos, faldas, pantalones, blusas, zapatos con tacón de aguja, conjuntos de ropa interior... todo en los mejores y más costosos materiales: seda, lino, organza, el más puro cachemir.

–¿De dónde ha salido todo esto? –murmuró, preguntándose cómo iba a ponerse esos zapatos en un sitio como Sicilia.

–Lo he elegido yo –contestó Vincenzo–. O más bien, le he pedido a alguien que lo hiciera por mí. Ya te he dicho que debías vestir como lo haría mi mujer.

–Pero he perdido mucho peso. ¿Cómo sabías cuál era mi talla?

–Me lo he imaginado. No olvides que estuviste desnuda entre mis brazos hace poco tiempo –contestó él, tomando un vestido de seda azul–. Ponte éste.

—¿Por qué ése en concreto?

—Creo que deberías arreglarte para cenar, ¿no?

Emma apretó los puños, luchando contra la tentación de vestirse como él quería. Le encantaba la ropa de diseño, pero llevaba demasiado tiempo usando prendas baratas y, además, no quería darle esa satisfacción. Aunque estaba mostrándose tan increíblemente machista que casi empezaba a pensar que era intencionado.

Parecía decidido a que aceptase su generosidad mientras le dejaba claro que aquello era caridad… y que todo en la vida tenía un precio.

¿Pero tenía otra alternativa?, se preguntó. Si aparecía en Sicilia llevando prendas baratas, no conseguiría la simpatía de nadie en un país donde la apariencia lo era todo.

¿De verdad podría enfrentarse con su familia si insistía en llevar su propia ropa?

Especialmente cuando Gino iba vestido como el hijo de un millonario.

En cuanto llegaron a Londres, Vincenzo se empeñó en parar en unos grandes almacenes para comprarle la ropa más cara, los juguetes más exclusivos, el cochecito más lujoso, suaves mantas de cachemir… lo que había en la tienda no era suficiente para su hijo.

Emma miró hacia el otro lado de la habitación, donde su precioso hijo dormía como un príncipe en su nuevo moisés, y se le encogió el corazón.

Gino había gritado de alegría al ver sus juguetes

nuevos y aunque antes le había dicho a Vincenzo que los niños eran felices jugando con cualquier cosa, ahora entendía que no era cierto del todo.

Incluso la hora del baño se había convertido en la de un millonario; su patito amarillo había sido olvidado por un exótico barco que se movía sobre el agua lanzando pitidos.

Después, Gino estaba tan agotado que se había quedado dormido en los brazos de Vincenzo y a Emma se le había hecho un nudo en la garganta mientras lo veía meterlo tiernamente en el moisés.

Por otro lado, era maravilloso ver a su hijo disfrutando de todas las comodidades que ella no podía darle. Ver a Gino con un pijamita precioso en lugar de las capas y capas de ropa que solía ponerle para que no tuviera frío en la cuna la hacía más feliz que nada en el mundo.

Pero incluso disfrutando de tan evidentes comodidades, Emma se preguntaba cómo podía haberle negado eso a su hijo…

Aunque ella no se lo había negado. Había sido culpa de Vincenzo, se recordó a sí misma.

Ése era el problema cuando alguien te acusaba fríamente de algo, que acababas creyéndote culpable aunque no fuese verdad.

Pero después de haber dejado que vistiera a su hijo como un príncipe, sería absurdo negarse a usar aquella ropa, pensó Emma, derrotada.

–Muy bien, de acuerdo –asintió por fin.

—Y tira esos vaqueros a la basura, por favor —dijo Vincenzo.

—Estos vaqueros me encantan —se limitó a decir ella.

Emma entró en el cuarto de baño para cambiarse, pero se sentía como una extraña cuando se miró al espejo.

¿Cuánto tiempo había pasado desde la última vez que estrenó un conjunto de ropa interior tan caro como ése? ¿O que se había comprado un sujetador decente? ¿O que había llevado unas bragas a juego con el sujetador?

Cuando miró los vaqueros que tanto ofendían a Vincenzo, tuvo que contener la tentación de volver a ponérselos. Con los vaqueros y el grueso jersey se sentía a salvo de sus miradas. Pero no podía seguir escondiéndose.

De modo que se puso el vestido azul y se pasó el cepillo por el pelo, dejando que cayera como una cascada por su espalda.

La seda azul era tan suave como la mantequilla y el color destacaba el de sus ojos. Así era como la esposa de un hombre rico debería vestir. Como ella solía vestir durante su matrimonio, cuando Vincenzo la exhibía como si fuera un bonito accesorio en público mientras en casa la tensión entre ellos era tan grande que cada día estaban más alejados.

Al menos ahora no se haría ilusiones, pensó. Y eso le permitiría establecer una estrategia para batallar con él y, sobre todo, para controlar sus emociones. Porque no habría nada más que penas para ella y para Gino si era tan tonta como para dejarse llevar de nuevo por el carismático encanto de Vincenzo.

Haría el papel que se requería de ella mientras negociaban algún tipo de acuerdo y después consultaría con un abogado para saber cuáles eran sus posibilidades.

Pero iba a estar en *su* territorio, un sitio en el que ella siempre se había sentido como una extraña. Lo necesitaba a su lado, reconoció con el corazón encogido, pero tenía que mantener cierta distancia emocional. Y quizá esa ropa tan elegante podría actuar como una especie de armadura.

Al salir del baño vio que Vincenzo había entrado en el dormitorio para mirar a Gino y, a pesar de todo, su corazón se encogió de anhelo. A veces el pasado podía jugar malas pasadas a la mente y el corazón de una persona. A veces casi podía creer que seguía enamorada del hombre con el que se había casado.

¿Se habría acostado con muchas mujeres desde que se separaron?, pensó tontamente.

Bueno, aunque lo hubiera hecho no era cosa suya. De hecho, ya ni siquiera su vida era su propia vida.

Los ojos negros de Vincenzo se encontraron con los suyos en una mirada irónica, pero Emma podía detectar las emociones que había detrás. Porque no era tonta ni ciega. Sabía que bajo ese exterior cosmopolita latía el primitivo corazón de un siciliano, con toda la pasión y el sentimiento de posesión que eso significaba.

Y por eso, debía ir con cuidado. Tenía que convencerlo de que no iba a quitarle a Gino. No se haría ilusiones poco realistas, pero estaba segura de que lograrían llegar a un acuerdo.

Lo haría por su hijo.

—¿Cómo estoy? —le preguntó, dando el primer paso hacia una relación civilizada.

¿Cómo estaba? Una vena latió en la frente de Vincenzo. Cuando sonreía así, casi podía olvidar que era una mujer engañosa. Casi podía imaginar que era el mismo ángel rubio que una vez lo había cautivado.

—Acércate un poco más para que pueda verte.

Emma dio un paso adelante con una sonrisa forzada.

—¿Qué tal?

—Pues... —Vincenzo la estudiaba como si estuviera intentando decidirse por un coche nuevo—. Estás cien veces mejor que hace cinco minutos, desde luego. Preferiría que no llevases nada en absoluto, pero eso podría ser una distracción durante la cena.

—¿Qué?

—Da igual, habrá tiempo para eso después.

Emma se puso colorada. ¿Pensaba que iban a servírsela después de la cena, como si fuera un postre?

–Acepté ir contigo a Sicilia, pero no recuerdo haber aceptado nada más.

–Vamos, Emma, deja de fingir de una vez. ¿Para qué? Ya hemos probado el fruto prohibido y sólo ha servido para despertar aún más nuestro apetito. Tú me deseas tanto como yo. Puedo verlo en tus ojos…

–¿Qué estás diciendo?

–… en cómo se levantan tus pechos cuando los miro, en cómo reacciona tu cuerpo aunque intentas que no se te note. ¿Por qué no vamos a aprovechar eso?

Tenía razón, maldito fuera. Emma, de repente, sintió que se encendía cuando la tomó entre sus brazos. Quería decirle que ella era más que un cuerpo que respondía ante el suyo, que era una mujer con sentimientos y con un corazón que una vez él le había roto. Y que no podría soportar que se lo rompiera otra vez.

–Pero dijiste…

–¿Qué dije? –murmuró Vincenzo, besando su cuello.

Sus caricias eran tan embriagadoras que Emma ya no podía recordar nada. La besaba con la misma pasión de siempre y sentía su erección rozando sus muslos…

–Vincenzo…

–Te gusta, ¿verdad?

–Sí –el monosílabo le fue arrancado de los labios como si no tuviera control alguno sobre sus palabras. De nuevo, era como si Vincenzo la hubiera hechizado. Sólo podía oír los latidos de su corazón y sólo podía sentir su deseo.

–Ah, Emma… –dijo él, acariciando sus nalgas por encima de la seda–. Qué fácilmente te enciendes.

«Sólo por ti», pensó ella. «Sólo por ti».

Emma cerró los ojos. Un segundo más y sería demasiado tarde. Un segundo más y él le quitaría el vestido que acababa de ponerse. Y de nuevo se convertiría en el objeto de su deseo, debilitando aún más su poder de negociación con un hombre que usaba a las mujeres como meros objetos sexuales.

Y Gino estaba durmiendo allí al lado…

Haciendo un esfuerzo, Emma se apartó.

–No –le dijo.

–Pensé que habíamos acordado dejarnos de tonterías.

–No habíamos acordado nada de eso. Esto no es un juego, Vincenzo. Gino está aquí al lado, por si no te acuerdas.

–No creo que pueda olvidarlo –murmuró él, con amargura.

Sin embargo, se encontró a sí mismo mirándola con aprobación. ¿No la habría despreciado si sus gritos de placer hubiesen despertado a Gino?

Como se hubiera despreciado a sí mismo, pensó.

¿Si Emma hubiera buscado gratificación personal a costa de su hijo, no habría empequeñecido eso su valor como mujer?

–Tienes que comer algo –dijo de repente–. Es lógico que estés tan delgada… apenas has comido nada en todo el día. Vamos a cenar al restaurante, he pedido una niñera para Gino.

Ella negó con la cabeza

–No me gusta dejarlo solo. Si se despierta al lado de una extraña, se pondrá a llorar y… claro que a ti eso te parecerá ridículo.

–No, la verdad es que me parece admirable. Un golpe de efecto para impresionar a tu abogado, claro. Eres muy inteligente, Emma.

–¿De verdad crees que esto es una actuación?

–Eres muy buena actriz, desde luego.

–¿Quién crees que ha cuidado a Gino desde que nació? –le espetó Emma, airada.

Vincenzo intentó ignorar la expresión dolida que nublaba sus hermosos ojos. ¿Cómo se atrevía a hacerse la inocente cuando había sido tan frívola como para abandonar un matrimonio a la primera oportunidad y luego ocultarle a su hijo?

Y, sin embargo, había visto con sus propios ojos la prueba que lo obligaba a admitir que era una buena madre. Había criado al niño en relativa pobreza y ella misma vestía como una mendiga, pero Gino estaba bien cuidado. Parecía un niño feliz y todo el dinero del mundo no podía comprar eso.

–Tienes razón –asintió por fin–. Sé que cuidas bien del niño.

El halago la sorprendió. Era una capitulación que no había anticipado y tuvo que parpadear, pensando que la inesperada consideración era casi más dolorosa que sus insultos. Porque la consideración estaba muy cercana a la amabilidad y le recordaba el pasado, cuando ella era el centro de su universo.

Emma querría agarrarlo del brazo y preguntarle qué había sido de ese tiempo y de esos sentimientos, pero sabía que no valdría de nada.

−¿Por qué no pides algo al servicio de habitaciones? −sonrió Vincenzo−. Yo voy a darme una ducha.

Emma se acercó al escritorio, alegrándose de tener una distracción. Pero la carta del restaurante la sorprendió.

Qué rápido había olvidado lo que era vivir como una mujer rica. Le parecía absurdo que un simple plato de la elegante lista costase más que su presupuesto semanal para comida.

Dos años antes, la idea de tener carta blanca para elegir lo que quisiera la hubiese llenado de alegría y, sin embargo no había alegría alguna en aquel momento.

Suspirando, pidió solomillo de ternera con ensalada, fruta fresca, pudín y una botella de vino tinto. Esperaba que fuese del gusto de Vincenzo. Y si no… sería su problema.

Cuando dos camareros llegaron con un carrito, Vincenzo acababa de salir del cuarto de baño con el pelo mojado. Debían de parecer una pareja normal, pensó ella, irónica.

Por fin los camareros se marcharon y cuando la puerta se cerró tras ellos, Vincenzo frunció el ceño.

–Come algo, Emma. Y deja de mirarme así.

–¿Así cómo?

–Con ese aspecto tan… frágil.

El sabor salado de una patata debió de despertar sus papilas gustativas porque, de repente, Emma empezó a comer con verdadero apetito y se terminó el solomillo sin darse cuenta de que Vincenzo estaba mirándola sin probar la comida.

–¿Mejor?

–Mucho mejor –contestó ella.

Pero aunque la comida le había devuelto algo de fuerza, los pensamientos que daban vueltas en su cabeza seguían haciéndola sentirse incómoda. Qué raro y qué poco familiar era estar sentada allí comiendo con Vincenzo otra vez.

¿Y cómo sería volver a Sicilia, el sitio donde se había enamorado de él?

Pero era más fácil dejar a un lado las preguntas que buscar respuestas. Disfrutar de aquel momento de paz, por breve que fuera. Fingir que eran de verdad una pareja enamorada. Con una notable salvedad: que si quería mantener su corazón a salvo, debía mantener las distancias.

Pero había varias habitaciones en la suite y las camas debían de ser una delicia. Podría taparse la cabeza con el edredón y olvidarse del mundo por una noche.

–Creo que me voy a dormir –dijo Emma–. Ha sido un día muy largo.

Él sonrió. A veces podía ser transparente…

–Yo estaba pensando lo mismo, *cara*. No se me ocurre nada mejor que irme a la cama.

–Pero si apenas has probado la cena.

–No tengo hambre. Bueno, no de comida, sólo de ti –Vincenzo tomó un trago de vino y dejó la copa antes de levantarse para tomarla del brazo.

El corazón de Emma latía con tanta fuerza que parecía a punto de explotar.

–No voy a acostarme contigo.

Él se rió.

–Pues claro que sí –dijo, levantándola de la silla como si no pesara más que una pluma–. Vamos a compartir cama como haría cualquier matrimonio y será mejor que te acostumbres, Emma, porque eso es lo que vamos a hacer cuando estemos en Sicilia.

–¿Para que la gente crea que todo va bien entre nosotros? –preguntó ella. Y al ver que su rostro se ensombrecía supo que había dado en la diana.

–Quizá haya algo de eso –asintió Vincenzo, en un raro momento de sinceridad–. Pero sobre todo porque acostarme contigo siempre ha sido más excitante que hacerlo con otras mujeres y eso no ha cambiado en absoluto.

Incluso conseguía que eso sonara como un insulto.

–¿Y si me niego?

–No te atreverías a negarte aunque quisieras hacerlo… o tuvieras fuerzas para resistirte –dijo él–. Tienes demasiado que perder.

Emma negó con la cabeza.

–¡Eso es un chantaje!

–Al contrario. Sencillamente, te estoy dando la oportunidad de que finjas que esto no tiene nada que ver contigo. Para que finjas que no es lo que quieres. Me alegra hacerlo si eso te ayuda a estar en paz con lo que tú haces pasar por conciencia.

Emma dio un paso atrás.

–Me temo que te equivocas, *caro* –le dijo, irónica–. Esto no tiene nada que ver conmigo, sino con Gino. Estoy aquí por mi hijo, nada más.

Después de decir eso se dio la vuelta para entrar en uno de los dormitorios y cerró firmemente la puerta.

Capítulo 10

¡MIRA, Gino, mira! Graba este momento en tu memoria, *mio figlio*, porque ésta es la tierra de tus antepasados.

Emma lo vio bajar con su hijo en brazos por la escalerilla del avión privado, sujetándolo como si llevara un trofeo.

Y a pesar de que sospechaba que había dicho eso para dejarla a ella fuera, sintió cierta emoción al estar de vuelta en la isla donde se habían conocido.

La primera vez que pisó Sicilia había pensado que era un paraíso de gente orgullosa y apasionada. Pero Vincenzo trabajaba en el cuartel general de Cardini en Roma y allí era donde habían vivido después de casarse. Aunque siempre les había gustado volver allí en vacaciones, de modo que conocía bien la isla.

Y lo que había aprendido era que Sicilia era un lugar con muchas caras.

Por toda la costa había huertos de naranjos y limoneros, en contraste con los preciosos bosques del Norte. En el centro de la isla había suaves colinas con almendros, olivos e interminables campos de trigo. Y, durante la primavera, las flores silvestres formaban un brillante arco iris de colores en contraste con el verde de los campos.

La familia Cardini tenía propiedades por toda Sicilia, incluyendo una estación de esquí donde una vez había gritado de alegría al ver palmeras cubiertas de nieve.

Ahora hacía frío, pero brillaba el sol y el cielo era de un azul muy limpio, sin nubes. Emma se envolvió en su pashmina mientras esperaba al coche que los llevaría a casa.

–¿Hay un asiento de seguridad para Gino?

–Pues claro –contestó Vincenzo–. He pedido que lo tuvieran todo preparado para su llegada.

Se quedó mirando mientras Emma lo sentaba en la sillita de seguridad; y sus pensamientos por una vez no estaban centrados en su redondo trasero o en su duplicidad, sino en el dramático cambio que ella y el niño habían llevado a su vida.

Había empezado a darse cuenta de que teniendo niños alrededor se podía operar en dos niveles muy diferentes. Mientras se cuidaba de ellos, se hablaba de cosas que normalmente no tenían nada que ver con lo que se estaba pensando.

Cuando Emma entraba en el coche, Gino levantó las manitas hacia él y Vincenzo sonrió automáticamente. Era imposible que no se le hinchara el corazón de alegría en presencia de un niño tan encantador, pensó.

Luego se volvió hacia la mujer que había a su lado, con el pelo rubio sujeto en una coleta y los grandes ojos azules. Con un elegante abrigo de cachemir en color crema, no parecía la joven desdichada que había ido a su oficina unos días antes.

—¿Cómo te encuentras esta mañana?

Emma se quedó desorientada. Pensaba que estaría furioso con ella por lo que había pasado la noche anterior. Pero, aparentemente, con la salida del sol habían vuelto a convertirse en extraños, unidos sólo por Gino.

Y eso le recordaba que aquello no era más que un acuerdo con un incierto futuro.

«Deja de enterrar la cabeza en la arena, Emma. Empieza a enfrentarte a la realidad, en lugar de imaginar finales felices».

—Tenemos que hablar.

—Pues habla.

—Tenemos que discutir qué va a pasar una vez que Gino haya conocido a tu familia. Qué vamos a hacer después.

Vincenzo se volvió para mirarla.

—Ahora no es el momento, Emma. Aún no lo he decidido.

Ella negó con la cabeza, frustrada. Así era su marido. Ésa era su manera de cerrar los canales de comunicación y esperar que lo aceptase sin protestar. Pues muy bien, quizá una vez lo había hecho, pero ya no.

—Pero no eres tú solo quien tiene que tomar decisiones –le recordó–. Yo tengo tanto que decir sobre el futuro de Gino como tú.

–¿Y cómo ves tú ese futuro?

Por un momento había sonado casi razonable. ¿Se atrevía a contarle la verdad? ¿Había una parte de su dura e irracional cabeza que podía entrar en razón?

–No lo sé –admitió–. Sé que tú querrás ver a Gino y me parece normal, pero…

–Aunque has hecho todo lo posible para que eso no ocurriera.

–Ya te lo he explicado, no pienso hacerlo otra vez –replicó Emma–. Y te recuerdo que si no hubiera querido que conocieras a tu hijo, no lo habrías conocido nunca. No lo olvides, Vincenzo.

Él tuvo la decencia de asentir con la cabeza.

–Muy bien, de acuerdo.

–No puedo soportar la idea de separarme de él. Perderme algo de su vida… una palabra, una sonrisa, sus primeros pasos. O que tenga una pesadilla y yo no esté a su lado.

–¿No crees que a mí me pasa lo mismo? –le preguntó Vincenzo entonces–. ¿Crees que no tengo miedo de perderlo ahora que lo he encontrado?

Emma hubiera querido decir que ella era su madre, pero no lo hizo. No sólo porque ése no sería un argumento válido, sino porque se daba cuenta de que, en apenas un día, Vincenzo daría la vida por su hijo.

Una vez le había declarado su amor por ella con

similar pasión, pero con un hombre y una mujer era completamente diferente. Uno amaba a un hijo de manera incondicional, pero el amor adulto podía marchitarse, morir para siempre.

Y, de repente, se vio a sí misma soñando con lo imposible. Soñando que Vincenzo siguiera amándola, que aquello pudiera funcionar.

—Mira, no vamos a pelearnos. A Gino no le gusta.

Sus ojos se encontraron por un momento en una silenciosa batalla y luego él miró sus labios, sintiendo el urgente deseo de besarlos. Pero en lugar de eso volvió la cabeza para mirar por la ventanilla el familiar paisaje que llevaba a la villa de los Cardini, en aquellas tierras llevaban generaciones produciendo vino y aceite.

Como siempre, estar en su querida isla encendía sus sentidos, pero aquel día era algo más; era como si le hirviera la sangre. Era su recién descubierta paternidad, volver a casa… era todo eso más Emma, se dio cuenta.

A pesar del asombroso descubrimiento de que tenía un hijo, seguía embrujado por ella. Como siempre.

Y, sin embargo, su aventura nunca debería haber llegado a ningún sitio. Se había dicho eso tantas veces…

Emma debería haber sido otra chica inglesa más a la que olvidaría después de las vacaciones.

El efecto que ejercía en él lo había tenido siempre perplejo y cautivado. Desde el día que la conoció, se había encontrado a merced de sentimientos en los que no podía confiar y, al final, descubrió que estaba en lo cierto. Porque Emma había sido una maravillosa amante y una esposa desleal.

¿Y ahora? Ahora no era ni lo uno ni lo otro.

—Al menos dime dónde vamos a alojarnos —suspiró ella—. En la villa, supongo.

—No, ya no suelo ir por allí. Hace un año compré una finca muy cerca.

—Ah.

—¿No te parece bien?

Emma se encogió de hombros. Su situación ya era bastante difícil sin tener público mirando y analizando todos sus movimientos. Y menudos críticos eran los Cardini.

—Es un alivio, la verdad. No me apetecía mucho ver a tus parientes… sé que nunca les he caído bien.

—Era nuestro matrimonio sobre lo que tenían reservas, no era nada personal. Ellos creen que debería haberme casado con una chica siciliana.

—Entonces estarán encantados de que ya no estemos juntos, supongo.

—No creo que nadie considere el fracaso de un matrimonio como algo digno de celebración. En fin, la mayoría de mis primos están en Estados Unidos ahora. Incluso Salvatore no volverá hasta la semana que viene, así que tienes unos días para relajarte.

–¿Tanto tiempo? –preguntó ella, irónica.

–Pareces nerviosa –murmuró Vincenzo.

La verdad, no le importaría lo más mínimo no volver a ver a sus primos; especialmente a Salvatore, el mayor y el más crítico de todos.

–Es que no sabía cuánto tiempo íbamos a estar en Sicilia.

–Te aseguro que no había planeado una visita de veinticuatro horas, *cara*.

Emma se apartó un poco la pashmina.

–¿Qué les has contado sobre Gino?

–Que iba a traerlo para que conociera a mi familia.

–¿Y cómo se lo han tomado? ¿Te han hecho alguna pregunta?

–No se atreverían –contestó él–. Eso sería una intrusión en mi vida privada. Además, yo no estoy buscando la aprobación de nadie. Lo que pasó entre nosotros fue y seguirá siendo algo privado, algo entre tú y yo –luego se inclinó hacia delante para hablar un momento con el conductor–. Mira, Emma. Desde aquí pueden verse las islas Egadi.

Emma miró el mar, del color del más puro zafiro.

–Es precioso.

–¿Te acuerdas del día que fuimos a navegar?

–Y estuvimos flotando en medio del mar durante horas… –empezó a decir ella. Pero se detuvo, pensando que aquello los llevaba a un terreno peligroso.

¿Estaría recordando Vincenzo cómo habían hecho el amor en el camarote, que cuando volvieron al puerto el sol estaba ocultándose en el horizonte?

Pero entonces había algo más que química entre los dos, aunque la química existía también. Entonces flotaban en un mar de amor y que esa burbuja se hubiera roto no dejaría de dolerle nunca.

–Háblame de tu casa –dijo Emma, haciendo un esfuerzo para parecer tranquila.

–¿Por qué no la juzgas por ti misma? Está ahí arriba.

«Casa» era evidentemente una palabra inadecuada para describir el edificio que apareció frente a ella. No era una casa, era un castillo con torres, portalones de madera y una vista fabulosa del océano. Cuando el coche se detuvo, pudo ver los muros de piedra y el patio cubierto de palmeras.

–Tiene hasta torres –murmuró, incrédula.

–Hay cuatro. Y una capilla.

–¡Ma-má! –gritó Gino entonces.

Emma salió del coche y admiró la belleza del castillo mientras sacaba al niño de su sillita.

–¿Ves dónde estamos, cielo? ¿A que es precioso? Es un castillo de verdad.

–Ven, echa un vistazo desde aquí.

Intentando decirse a sí misma que no estaba dormida, que aquello no era un sueño del que pronto despertaría, Emma lo siguió por el patio de piedra hasta una especie de atalaya desde la que podían verse las verdes colinas y los viñedos. Incluso las islas Egadi en el horizonte. Y más allá la playa de San Vito, donde una vez había despertado con Vincenzo a su lado.

Casi lo había olvidado. Quizá era a eso a lo que se referían cuando hablaban de «la memoria selectiva». Pero olvidarlo era más seguro que recordar una felicidad que no iba a recuperar nunca.

Vincenzo la llevó hacia el otro lado del patio, desde donde podía ver una piscina rodeada de naranjos. Y mientras estaba admirándola, oyó el tañido de una campana...

Cuando se dio la vuelta, sus ojos brillaban de alegría.

–Se me había olvidado lo espectacular que era Sicilia.

Vincenzo asintió con la cabeza. Y él había olvidado lo guapa, lo rubia y lo maravillosa que era ella, pensó. Con los mismos ojos claros y la misma piel de melocotón, tan joven y tan inocente como el día que la conoció.

–Ven a ver el interior –murmuró, diciéndose a sí mismo que debía ignorar la suavidad de sus facciones y el brillo de sus ojos.

Su repentino entusiasmo tenía un porqué y sospechaba que sabía cuál era. Emma estaba comparando sus estilos de vida. O quizá pensando en la enormidad de lo que había dejado atrás cuando se marchó de Roma.

–Sígueme.

Ella se sentía un poco mareada mientras seguía

a Vincenzo por el castillo. El interior era fresco, con suelos de mármol y vigas de madera en los techos. Cada habitación le parecía más elegante que la anterior hasta que, por fin, llegaron a un salón. Y allí, en el centro, había una mujer vestida de negro cuyo rostro le resultaba familiar.

–¿Te acuerdas de Carmela?

La mujer que había ayudado a su abuela a criarlo. Y que había sido tan amable con ella cuando volvió de Inglaterra como esposa de Vincenzo.

–Sí, claro que me acuerdo. *Buon giorno*, Carmela. *Come sta?*

Merecía la pena desempolvar su italiano, aunque sólo fuera por ver la cara de sorpresa de Vincenzo y la sonrisa de la mujer.

–*Bene, bene, signora* Emma –hablando en rápido siciliano, Carmela se dirigió hacia Gino, que estaba mirando el intercambio con cierta precaución.

La mujer apretó cariñosamente las mejillas del niño entre exclamaciones de alegría y Emma se encontró sonriendo.

–¿Qué dice?

–Que es el niño más guapo del mundo –contestó Vincenzo–. Y también que su hija, Rosalia, va a venir más tarde. Rosalia tiene un niño un poco mayor que el nuestro y le encantaría hacer de niñera.

–No pienso dejar a Gino con nadie a quien no conozca –le advirtió Emma.

Él la estudió un momento.

–Eso no será un problema porque pronto conocerás a todo el mundo. Pienso presentar a mi hijo y heredero a toda Sicilia.

«Mi hijo y heredero». Emma tuvo que contenerse para no poner los ojos en blanco. Era una declaración casi tribal… pero así era Vincenzo Cardini.

–Tengo que cambiar al niño –murmuró, incómoda.

Él asintió. Podía ser increíblemente cabezota, pero nadie podría acusarla de no ser una buena madre. Y eso sería lo peor, tener una esposa que no cuidase bien del niño. Algunos de sus amigos casados tenían ese problema; se habían casado con mujeres para quienes era algo normal dejar a sus hijos con niñeras mientras ellas se iban de compras, a comer con las amigas o a algún desfile de moda en Milán.

–Te acompaño a la habitación –le dijo–. He pensado que la que está al final del pasillo sería la mejor… así no tendrás que llevar a Gino en brazos por la escalera.

Era muy considerado por su parte, pensó Emma. La escalera era empinada y tenía un aspecto algo precario.

–¿Y dónde vas a dormir tú?

–Por favor, no seas ingenua –dijo Vincenzo en voz baja–. Como ya hablamos en Londres, compartiremos dormitorio.

–¿Para poder estar cerca de tu hijo? –preguntó ella, con el corazón acelerado.

–Sí, pero también para poder disfrutar de tu hermoso cuerpo.

Emma se debatía entre el profundo desagrado que le producía su arrogancia y la emoción de pasar una noche entre sus brazos. Un tiempo en el que pudieran olvidar las hostilidades.

«Pero el sexo no es una cura para nada», se recordó a sí misma. «Al contrario, es un peligro y una distracción que podría cegarte».

Pero no dijo una palabra mientras lo seguía por interminables pasillos hasta una suntuosa suite que daba al jardín.

Sus maletas ya estaban allí, seguramente las habría llevado Roberto, el conductor, y Emma se dedicó a abrir la de Gino. Después de cambiarle el pañal, le puso una ranita azul con un cuello de marinero y unas botitas diminutas y soltó una carcajada.

Vincenzo estaba a su lado, mirándola.

–¿Crees que puedo dejarlo en el suelo? –preguntó Emma, mirando la alfombra persa que cubría el suelo de piedra–. ¿O prefieres tenerlo en brazos mientras yo voy a arreglarme un poco?

Vincenzo estaba a punto de decir que no necesitaba su permiso para tomar a su hijo en brazos, pero empezaba a darse cuenta de lo atada que Emma debía de haber estado cuidando sola al niño durante esos diez meses. Recordaba su propia infancia rodeado de sus primos, entrando y saliendo de la casa de su abuela. Siempre había tenido el apoyo y el cariño de su familia, pero para Emma no había habido nada de eso.

—¿Qué pasará cuando empiece a andar?

—Cuando empiece a andar, será más divertido. Aún no ha empezado a gatear, pero la pediatra me ha dicho que está a punto.

—Supongo que no podrás separarte de él ni un segundo en cuanto empiece a andar.

—No, supongo que no –asintió Emma–. A menos que lo deje en el parque, claro.

—¿En el parque?

—En los parquecitos para niños.

—Ah, ya, pero no parece que te gusten.

—Bueno, son necesarios porque es imposible estar pendiente de un niño las veinticuatro horas del día. Pero la verdad es que me recuerdan a una cárcel, con esas barras. Los niños necesitan ser libres para explorar, pero a veces hay que dejarlos allí mientras haces algo como cocinar o poner la lavadora... bueno, en fin, no sé para qué te cuento todo esto.

Vincenzo asintió con la cabeza, sintiendo de repente una extraña rabia contra sí mismo.

—¿Tan tirano soy que no puedes hablarme de esas cosas?

Emma se encogió de hombros por toda respuesta.

—Dímelo.

—Cuando estábamos casados, no era fácil hablar

contigo y ahora… en fin, es mejor que sigamos mostrándonos amables el uno con el otro. Mejor para Gino.

Tenía razón. Era mejor para Gino no entrar en discusiones sobre el pasado.

—Además, yo me sentía muy insegura contigo –dijo Emma entonces–. No sabía qué podía confiarte y qué cosas debía callar.

Al darse cuenta de que se había casado con uno de los hombres más ricos de Sicilia de repente se sintió insegura. Uno de los más ricos y, por lo visto, de los más ocupados. Entre eso y el comportamiento anticuado y brusco de Vincenzo, la relación se deterioró casi inmediatamente.

—Eras infeliz en Roma –dijo él.

Sonaba más como una observación que como una pregunta, pero estaba mirándola como si esperase una respuesta.

—Me sentía un poco sola, sí. O más bien aislada. Estudiaba italiano, pero no veía a nadie, no tenía amistad con nadie. Tú estabas trabajando todo el día y te negabas a dejarme trabajar… no sé por qué me dejé convencer. Fui una ingenua, supongo.

Vincenzo sacudió la cabeza, impaciente.

—Pero no tenías estudios –le recordó–. Habías dejado la universidad…

—Para atender a mi madre enferma, sí –le recordó ella.

—¿Y qué podrías haber hecho? ¿Crees que hubiera dejado que mi mujer trabajase en una tienda?

Sus palabras contenían el familiar sarcasmo que había impedido que fuera ella misma cuando estaban casados, pero Emma lo miró con firmeza. ¿Por qué había pensado alguna vez que Vincenzo Cardini iba a convertirse en un ser razonable? Eso requeriría un cambio de personalidad radical del que era totalmente incapaz.

–Déjalo, ya da igual. Y ahora, si me perdonas, tengo que darle el pecho a Gino.

Capítulo 11

ERA COMO estar en el limbo… si existiera un sitio así. Para todo el mundo seguía siendo la *signora* Cardini, pero no lo era.

Sólo estaban haciendo un numerito delante de los demás. Aunque ocasionalmente sentimientos verdaderos salían a la superficie. Sentimientos que tenían que ver con su hijo, claro. Emma se agarraba a eso como una mujer a punto de ahogarse se agarraría a una roca.

Su amor por Gino era lo único que la sostenía, porque estar con Vincenzo, aunque no mantuvieran relaciones porque ella había insistido en que cada uno durmiese en una habitación, era un peligro.

Qué fácil sería caer en sus brazos de nuevo. Qué fácil rendirse al poder de su hermoso cuerpo masculino cada noche, pensaba mientras lo oía moverse en la habitación de al lado.

Vincenzo estaba portándose casi como lo había hecho al principio de su relación, de manera considerada, amable. Quizá porque estaba en su tierra, quizá para mantener la charada delante de los demás.

Y Emma se preguntaba si lo echaría de menos cuando volviese a Inglaterra.

Por el día, Vincenzo mostraba la isla a un sorprendido Gino mientras ella disfrutaba de una belleza que había olvidado, su alegría se veía atemperada por el dolor cuando los recuerdos felices aparecían de repente.

Una maravillosa panorámica de la costa de la isla de Ustica, con sus diminutas rocas y árido paisaje, emergía con el recuerdo de Vincenzo besándola y diciéndole que su pelo era como el oro, pero aún más bonito.

¿Qué había cambiado? ¿Por qué cambiaban las relaciones entre dos personas hasta hacerse irreconocibles? ¿Por qué era imposible recuperar la felicidad?

¿Y por qué uno no se daba cuenta de la importancia de la ternura hasta que ya era demasiado tarde?

Pero al menos Gino era feliz, pensó. Estaba acostumbrándose a la vida en Sicilia como si hubiera nacido allí. Y quizá era así… o eso era lo que parecía pensar Vincenzo.

–Todos los sicilianos están atados a la isla con el corazón –le había dicho, con ese tono arrogante suyo.

Algunos días, Rosalia llevaba a su hijo, Enrico, a jugar y los dos niños se sentaban uno frente al otro en una alfombra riendo o mirándose como si fueran dos púgiles.

–¡Cómo serán cuando puedan andar! –se rió Rosalia.

Emma miró a Vincenzo. Aquello no era un arreglo permanente. Él lo sabía y ella también. ¿No estaría haciéndole pensar a todo el mundo que iba a quedarse?

Pero no tuvo oportunidad de preguntarle porque Salvatore y el resto de los Cardini habían vuelto de repente a Sicilia y se estaba organizando una fiesta en el viñedo para conocer formalmente a Gino.

–¿Qué voy a ponerme? –murmuró, nerviosa.

Gino se había puesto malito y había vomitado sobre el traje blanco que iba a ponerle desde que Rosalia le contó que todos los niños de la familia Cardini vestían de blanco para las celebraciones. Era lo menos práctico que había oído en toda su vida, un niño vestido de blanco, pensaba Emma mientras le ponía otro trajecito de ese color.

–Para una mujer que está mejor sin ropa, supongo que eso es un verdadero dilema –oyó la voz de Vincenzo.

Emma lo miró, pensando que sonaba inusualmente satisfecho. Parecía un león que se hubiera comido a su presa, su naturaleza depredadora se mantenía aletargada durante un momento... un momento en el que cualquier inocente pensaría que podía acariciarlo.

Y en realidad, ¿no era eso exactamente lo que había pasado?

–¿Qué?

—¿Quieres que yo cambie a Gino mientras tú te vistes?

—Sí, por favor.

Emma fue al vestidor y empezó a buscar entre las perchas. Qué ponerse en una situación así era inevitablemente un campo minado, ya que los hombres de la familia Cardini eran tan machistas y anticuados como Vincenzo.

Nada demasiado corto, ni demasiado ajustado o revelador. Y era una fiesta por la tarde para que todos los niños pudieran estar allí, así que tampoco podía ser demasiado exquisito.

Al final, eligió un sencillo vestido de cachemir color crema con un suave cinturón de piel a juego con un par de botas.

Emma entró en el salón donde Vincenzo estaba esperándola y, por un momento, su corazón se detuvo. Gino parecía tan feliz en los brazos de su padre, dándole con los puñitos en la cara...

Parecían la viva imagen del amor paterno-filial. De hecho, podrían haberlos usado como anuncio en una revista.

«Pero nada es lo que parece», pensó luego. «La vida, como los anuncios, puede ser sólo una ilusión».

—¿Estás enseñándole a boxear? —le preguntó.

Vincenzo la miró de arriba abajo, desde los pechos a la suave curva de las caderas, acentuadas por el cinturón.

—¿Qué?

–¿Le estás enseñando a boxear? –repitió Emma.

–Sí, *cara mia* –contestó él–. Todos los hombres necesitan aprender a luchar tarde o temprano.

Ella sabía que era absurdo decirle que Gino aún no tenía ni un año, como sería absurdo decirle que podía borrar esa sonrisa orgullosa de su rostro.

–¿Estoy bien?

–Estás muy guapa, *cara* –contestó Vincenzo–. El espejo nunca miente.

–No lo entiendes, ¿verdad? Las mujeres no buscan un halago cuando hacen esa pregunta.

–¿Ah, no? ¿Y qué es lo que buscan entonces?

–Que otra persona les confirme su opinión, nada más. Sólo quería saber si voy adecuadamente vestida para una reunión con tu familia.

–Indudablemente –dijo él, mirándola de arriba abajo.

Y Emma tuvo que reír.

«Esto se está complicando», pensó. «Empieza a pensar en algo que no podrá ser nunca y acabarás con el corazón roto si no tienes cuidado».

Vincenzo vio que estiraba orgullosamente los hombros y su mirada se endureció. ¿Por qué había querido olvidar que Emma estaba allí a su pesar?, se preguntó, enfadado consigo mismo.

Porque su belleza lo cegaba, como lo había cegado siempre.

–Vamos –le dijo.

Emma tenía la boca seca mientras recorrían la polvorienta carretera que llevaba al viñedo. Había pasado mucho tiempo desde la última vez que estuvo allí, en la preciosa finca que era el corazón de la industria Cardini.

Una vez le había preguntado a Vincenzo por qué la carretera que llevaba allí estaba sin asfaltar y nunca olvidaría su respuesta:

–Porque los sicilianos no nos jactamos de la riqueza. No necesitamos hacerlo porque es algo irrelevante. Un hombre sigue siendo un hombre posea un castillo o una cabaña.

Eso había explicado un poco la complejidad del carácter de aquella gente y Emma se sintió intrigada. A partir de entonces había querido saber más cosas, entenderlos y, de ese modo, quizá entender mejor al oscuro y complicado hombre que era su marido.

Pero Vincenzo había desanimado todos sus esfuerzos y, por fin, ella descubrió que bajo su pétreo exterior había sólo eso, más piedra.

Ahora miró su oscuro perfil mientras levantaba el pie del acelerador para entrar en un patio donde había muchos coches aparcados.

–Ah, veo que ha venido todo el mundo.

–Claro. Todos están aquí para conocer a Gino.

Gino.

Emma se dio cuenta entonces de que allí había mucho más de lo que el niño podría tener nunca en Inglaterra. Y no era sólo el dinero, sino la familia. Gente que lo quisiera, que cuidase de él. Si algún día le pasara algo a ella, Gino estaría a salvo.

–¿Por qué no empezamos nuestra vida de casados aquí, en Sicilia?

–Porque yo trabajaba en Roma.

–Pero...

–Sí, lo sé, podría haber trabajado en cualquier sitio –Vincenzo puso las manos sobre el volante como si siguiera conduciendo, aunque el coche no se movía.

No le resultaba fácil hablar de sus sentimientos; nunca lo había sido. De niño no había tenido una madre que calmara sus temores y aunque quería mucho a su abuela, ella era de otra generación, donde los hombres eran fuertes y nunca contaban sus penas y sólo las mujeres mostraban sus emociones.

No era particularmente fácil ahora, pero Emma estaba esperando.

–Supongo que pensé que encontrarías la isla demasiado pequeña, demasiado claustrofóbica. Que el estilo de vida de Roma sería más agradable para una joven inglesa.

Pero Roma le había parecido demasiado grande, demasiado ruidosa. La sofisticada forma de vivir de los romanos la había confundido, de modo que se encerró en sí misma, sintiéndose aislada y alejándose cada vez más de su ausente marido.

–En fin, nada de eso importa ahora, ¿verdad? Es el presente con lo que tenemos que lidiar.

Vincenzo asintió con la cabeza.

–Vamos dentro –le dijo, su voz sonaba distorsionada por algo parecido a los remordimientos mientras sacaba a Gino de su sillita–. ¿Estás bien? –le preguntó luego, al ver que apretaba los labios.

–La verdad es que tengo un poco de miedo.

–No tienes por qué tener miedo. Es mi familia.

«Sí, tu familia», pensó ella con cierta desesperación. «Y la de Gino, pero no la mía».

Oyó un murmullo de emoción cuando entraron en la casa y, de repente, un montón de niñas de diferentes edades, todas vestidas de blanco, salieron corriendo hacia ellos, seguidas de cerca por un montón de niños.

–Madre mía –murmuró Emma cuando Gino se agarró a su cuello como una boa constrictor, gritando de alegría por toda esa atención.

Vincenzo le presentó a un montón de gente, pero le resultaba imposible recordar los nombres. Después de saludar a todo el mundo, Emma lo siguió hasta el salón, percatándose de que algunos de los invitados la miraban con cierto recelo.

Claro que, si era sincera consigo misma, ¿no haría ella lo mismo? Nadie sabía nada sobre su matrimonio con Vincenzo y menos sobre la concepción de Gino porque él no lo había contado.

Habría sido muy fácil hablar mal de ella, pero no lo había hecho y Emma sabía por qué: porque era un hombre orgulloso. Pero al hacer eso la había protegido, ¿no? Claro que ésa no era su intención.

–Aquí hay alguien a quien no tengo que presentarte.

Emma se volvió para saludar al hombre que acababa de aparecer tras ellos.

Salvatore Cardini.

Un año mayor que Vincenzo. Dos hombres que eran como hermanos y, sin embargo, tan diferentes como el día y la noche. La suya era una relación única. Vincenzo le había dicho que la madre de Salvatore había querido criarlo, pero su abuela estaba tan desolada por la muerte de su hija que cuidar de su nieto era la única luz en su inconsolable horizonte.

De modo que Vincenzo vivía con la abuela, pero había pasado mucho tiempo en casa de su primo Salvatore. Iban juntos al colegio, aprendieron a montar a caballo, a nadar, a pescar y a disparar una escopeta juntos. Y luego, cuando se hicieron adultos, a seducir a cualquier mujer que quisiera ser seducida.

Se parecían mucho; las mismas facciones duras y orgullosas, el mismo físico impresionante. Pero Emma nunca había visto el lado más tierno de Salvatore y siempre había pensado que tal vez no lo tenía. Aunque en aquel momento su expresión era más meditabunda que de costumbre.

–*Ciao*, Emma. Estás muy guapa.

–Gracias –dijo ella, mientras daba un paso adelante para recibir un beso en cada mejilla, percatándose de que Vincenzo se había ido al otro lado de la habitación, quizá para dejarlos solos.

Y eso era como echarla a los leones.

–Te sienta bien la maternidad.

–Gracias de nuevo. Tú también estás muy bien.

Salvatore sonrió, pero estaba mirando fijamente a Gino.

–Es la viva imagen de Vincenzo.

–Sí, es verdad.

¿Había dudado que el niño fuera hijo de su primo?, se preguntó Emma. Sí, seguramente sí. En aquella familia nadie iba a regalarle nada.

–¿Qué tal estás? –le preguntó Salvatore.

–Bien, sobreviviendo –contestó ella.

–La vida debería ser algo más que supervivencia –Salvatore Cardini hizo una pausa–. Vincenzo me ha dicho que eres una buena madre.

Para alguien que no conociera a los sicilianos aquello podría sonar paternalista y absurdo, pero ella entendió que era un halago.

–Eso espero. Aunque no es difícil, Gino es un niño buenísimo.

–Y le gusta Sicilia, se le nota.

Había una amenaza implícita en esas palabras que a Emma no le pasó desapercibida.

–¿A quién no le gustaría? Es un sitio precioso –contestó, con aparente calma. Aunque por dentro estaba muerta de miedo.

¿Consideraría a Gino un peón en un juego de ajedrez, una pieza que podía moverse según el plan de los Cardini?

Vincenzo volvió entonces y la llevó con las demás mujeres, que le sirvieron café y unos pastelitos de mazapán con forma de frutas diminutas.

Pero las palabras de Salvatore seguían repitiéndose en su cabeza y Emma no podía concentrarse en nada más. Hasta los pasteles le sabían a cartón.

No se fueron de allí hasta las siete, con todos los Cardini en la puerta diciéndoles adiós. Evidentemente, la visita había sido un éxito, pero se sentía más inquieta que nunca.

Sí, en cierto modo aquél era un limbo perfecto, pero nada de aquello era real. Sabía la razón por la que estaba allí, la única razón por la que estaba allí: Gino.

Si apartasen al milagroso niño de la ecuación, sólo quedaba un hombre que seguía enamorado exclusivamente de su cuerpo y una mujer...

Emma lo miró de reojo. Una mujer que seguía siendo vulnerable al amor que una vez había sentido por su marido. ¿Y qué iba a hacer?, se preguntó.

Vincenzo apretó los labios al verla tan tensa. Porque sabía que no podía retrasar más lo inevitable.

Esperó hasta que Gino estuvo dormido, y en el comedor, con el plato de Emma sin tocar, tuvo que hacer un esfuerzo para disimular su irritación. ¿Pensaba que era ciego? ¿Que no se daba cuenta de su inquietud y su deseo de volver a casa? ¿No se daba cuenta de que eso no iba a ocurrir?

—Creo que tenemos cosas que discutir, ¿no te parece?

Ella levantó la cabeza lentamente y lo miró

como si quisiera averiguar sus intenciones, pero el rostro de Vincenzo permanecía tan inalterable como siempre.

–¿Sobre qué?

Vincenzo apretó el mantel de lino blanco entre sus cetrinos dedos. De modo que estaban volviendo a jugar. Muy bien, pensó.

–Sobre el futuro, por supuesto.

–¿El futuro de Gino?

–No sólo el de Gino, el tuyo y el mío también.

Si el brillo de sus ojos no fuera tan aterrador como el tono de su voz, Emma casi hubiera podido creer que era una especie de proposición.

–Supongo que tienes alguna idea sobre cómo proceder.

Qué fría sonaba, pensó él. Parecía un robot... o una abogada. Muy bien, pues tendría que aprender que esa actitud no iba a hacerle cambiar de opinión.

–Quiero que Gino viva en Sicilia, Emma. Bajo ninguna circunstancia dejaré que vuelva a Inglaterra contigo. Y es más... no voy a darte el divorcio que tanto deseas.

Capítulo 12

EMMA miró a Vincenzo, atónita y horrorizada tanto por el tono como por el contenido de la frase. Y por el brillo helado de sus ojos negros.

–Pero dijiste… o me diste a entender que éste sería un viaje corto para presentarle a Gino a tu familia.

–¿Y has sido tan tonta como para creer eso? ¿De verdad pensabas que una vez que le hubiera mostrado a mi hijo la herencia de su familia y su futuro dejaría que volviera a la vida que ha tenido antes?

–Entonces me has engañado –murmuró Emma–. Me hiciste creer que serían unas vacaciones y ahora me estás diciendo que soy una prisionera en esta isla…

–No seas dramática.

–¿Ah, no? Pues puede que tú seas rico y poderoso, Vincenzo Cardini, pero estamos en el siglo XXI y hasta en Sicilia hay jueces y abogados.

–Claro que los hay.

–No puedes retenerme aquí contra mi voluntad.

–No voy a retenerte –dijo él, retador.

Una lucecita de alarma se encendió en su cerebro mientras registraba su rígida postura. Parecía un depredador a punto de lanzarse al ataque. Haciendo un esfuerzo, Emma contuvo un sollozo. Tenía que calmarse, se dijo.

–Mira, Vincenzo, tienes que ser razonable. No puedes robarme a mi hijo…

–Claro que puedo, Emma –la interrumpió él–. A menos que estés preparada para considerar la alternativa.

–¿Qué alternativa?

Él pareció estudiar el perfecto óvalo de su rostro, el brillo de sus ojos.

–Que sigamos juntos como una pareja, criando a Gino y a los otros hijos que podamos tener.

Sonaba como una broma cruel, pero Emma podía ver por su expresión que hablaba en serio.

–¿Por qué íbamos a hacer eso?

–¿No es evidente? Debes saber que yo nunca me contentaría haciendo el papel de padre a tiempo parcial. Como debes saber que no toleraría que otro hombre criase a mi hijo.

Al ver que sus ojos se llenaban de lágrimas tuvo que hacerse el fuerte, recordándose a sí mismo lo que pasaba cuando se dejaba engañar por Emma.

–Y sí, antes de que me digas que no hay otro hombre, ya lo sé. Al menos, por el momento –siguió, sintiendo una punzada de celos–. Pero lo habrá algún día, eso está claro. Una mujer tan guapa como tú no está destinada a permanecer sola.

Emma hubiera querido decirle que era un estúpido, un imbécil por pensar que podría haber otro hombre después de él, pero no iba a hacerlo. Además, Vincenzo no estaba dispuesto a creerla.

–Eres un bárbaro –murmuró, levantándose.

–¿Tú crees? –sonrió él, levantándose a su vez y alargando una mano para acariciarle la cara–. Pero eso siempre ha parecido excitarte, ¿no?

–Ya no –lo cortó ella, helada.

–Muy bien, como quieras. ¿Qué te parece mi sugerencia?

–¿Sugerencia?

–¿Tan horrible sería que volviéramos a ser una pareja? Quizá no estés dispuesta a acostarte conmigo todavía, pero con el tiempo...

Emma cerró los ojos, angustiada.

–Esto es absurdo. No puedes decirme cómo debo vivir mi vida. No voy a permitírtelo.

–Piénsalo. Siempre nos hemos llevado bien en la cama... muchas parejas no tienen lo que nosotros tenemos.

–¿Y qué tenemos nosotros, Vincenzo? –le espetó.

¿Pero qué podía hacer? ¿Cómo iba a convencer a aquel hombre de que lo que proponía era una barbaridad?

¿Y cómo podía arriesgarse a perder a su hijo?

–Puedes elegir cómo quieres vivir tu vida –dijo él entonces–. Puedes actuar como si esto fuera un castigo para ti y hacerte la víctima o aprovechar lo que tenemos...

–Acabo de preguntártelo. ¿Qué tenemos?

–Tenemos a Gino, tenemos salud, una familia. Y suficiente dinero como para no tener que preocuparnos nunca por nada.

Era una manera muy fría de describir el proyecto de una vida sin amor. Y no tenía alternativa. ¿Cómo iba ella, sin dinero, en un país que no era el suyo, a luchar contra el poderoso Vincenzo Cardini?

Emma se dio cuenta de que lo había pensado todo y lo presentaba como un *fait accompli,* mientras que ella no podía hacer nada.

Y aunque pudiera irse de Sicilia y perderse en Inglaterra para que Vincenzo no la encontrase nunca, ¿la perdonaría Gino si lo alejaba de todo lo que era suyo? ¿La miraría algún día con odio por haber puesto sus necesidades por delante de las suyas?

Emma se apartó.

–No puedo contestar ahora mismo –le dijo, con un cansancio que parecía haberle penetrado hasta los huesos–. Ha sido un día agotador.

–Entonces, vámonos a la cama.

–No voy a irme a la cama contigo.

–Quizá esta noche no –sonrió él, burlón–. Pero soy un hombre paciente.

Emma entró en su habitación, decidida, pero no pudo dormir. Estuvo despierta hasta el amanecer, intentando buscar una salida a aquella terrible situación.

En la penumbra, una lágrima rodó por su rostro y, furiosa, se levantó de la cama para vestirse con una nueva determinación. No pensaba dejar que la viese vulnerable y abatida. La había engañado para ir a Sicilia y haría todo lo que estuviera en su mano para hacer que permaneciera allí, pero se protegería a sí misma.

Vincenzo Cardini no volvería a romperle el corazón, no volvería a ser pisoteada por un hombre que no la amaba.

Cuando él salió de su habitación, con aspecto de haber dormido como un tronco, Emma ya estaba en el salón jugando con Gino. El alto siciliano se detuvo en la puerta.

–*Buon giorno, bella*.

–Hola.

Vincenzo se dio cuenta de que estaba más pálida que de costumbre.

–Te has levantado muy temprano.

–¿No te parece bien? –preguntó ella con falsa dulzura–. Vas a tener que decirme esas cosas.

–¿A qué te refieres?

–Ya que no soy exactamente una invitada en tu casa, vas a tener que decirme qué se espera de mí.

Vincenzo apretó los labios. De modo que iba a ser así a partir de aquel momento. ¿Creía que iba a destrozar su resolución portándose como una doncella de hielo? ¿Portándose como si no tuviera sangre en las venas? Muy bien, pronto descubriría que él no cambiaba de parecer tan fácilmente.

–No estás en una cárcel, puedes hacer lo que quieras.

–Ah, claro –sonrió Emma–. Estoy aquí por voluntad propia.

–¡Y ahora estás retorciendo deliberadamente todo lo que digo!

–No, yo sólo digo la verdad: que soy una prisionera. Tengo que quedarme por mi hijo. Pero sólo un hombre débil, inseguro y patético le haría eso a una mujer.

Cuando Vincenzo iba a replicar, airado, Emma señaló a Gino, que miraba de uno a otro como un espectador en un partido de tenis.

–Los dos sabemos por qué estoy aquí, por el niño. Así que sería absurdo que lo estropeásemos todo discutiendo delante de él. Si estás tan decidido a que seamos una familia, al menos no vengas gritando por las mañanas porque te sientes frustrado.

–Emma…

–Toma –lo interrumpió ella, poniendo a Gino en sus brazos–. Yo voy a darme una ducha.

–¿Qué?

–¿Tienes algún plan para hoy? ¿No? Yo había pensado que podríamos ir a Trapani. Podríamos llevar a Gino en su cochecito por el pueblo y comer frente al mar. Y, por cierto, me apetece aprender a conducir.

–¿Qué?

Emma adoptó la actitud de una maestra con un pupilo particularmente torpe.

–Quiero aprender a conducir –repitió–. Me gustaría viajar por la isla cuando tú no estés aquí.

–¡Tendrás un conductor a tu disposición!

–Ya te he dicho que no grites –le recordó Emma–. Y me temo que eso no será suficiente. Yo quiero tener cierta independencia para moverme por donde quiera.

Vincenzo frunció el ceño. En realidad era lógico y, sin embargo, tanta lógica lo ponía nervioso. Él estaba acostumbrado a la pasión cuando discutía con las mujeres… y con Emma más que con las demás. Pero últimamente era como un maniquí y no una mujer de carne y hueso. ¿Cómo podía contenerse cuando sabía que lo deseaba tanto como la deseaba él?

Pero no podía protestar, pensó, recordando su advertencia de no discutir delante del niño. Y tenía razón. Claro que tenía razón. Y no se había sentido tan confuso en toda su vida.

Maldita fuera.

–Muy bien –asintió–. Hablaré con alguien para que te enseñe a conducir.

–*Grazie*.

–*Prego*.

Emma se dio cuenta de que su determinación de hacerse la fuerte, de convertirse en la doncella de hielo, estaba funcionando a su favor. Porque era más fácil hacer el papel de esposa por obligación que ser ella misma; esa mujer débil que seguía enamorada de Vincenzo Cardini a pesar de todo.

Y lo amaba.

Pero al menos ahora tenía un papel definido, con barreras que no podía saltar. Y no lo haría.

Así era más fácil ocultar sus sentimientos. Era como si los hubiera enterrado dentro de ella, escondidos bajo llave para que no pudiera derretirse entre sus brazos.

¿No era más fácil retirarse tras esa careta, portarse con la amable frialdad que uno mostraría por un desconocido, que enfrentarse al hecho de que aquello no era más que una farsa de matrimonio? ¿Que los besos y el amor que deseaba de su marido era algo que no tendría nunca, pero anhelaría siempre?

Dormía sola y, por las mañanas, abrazaba a su hijo para ocultar su frustración, hundiendo la cara en su pelo mientras se preguntaba cómo iba a afectar al niño su relación con Vincenzo.

Luego empezaba un nuevo día y la charada comenzaba otra vez. Por fuera perfecta, pero por dentro agonizando. En cierto sentido, era fácil dar un paso atrás y mirar su matrimonio como los demás debían de verlo. Dos personas que querían mucho a su hijo aun siendo completamente diferentes.

Pero nadie conocía la verdadera naturaleza de su relación y aunque lo supieran, nadie se habría atrevido a interferir. La familia no lo hacía por discreción y la gente del pueblo respetaba demasiado a los Cardini como para opinar siquiera.

Pronto empezaron a llegar invitaciones, gente deseosa de conocer a la esposa de Vincenzo, y Emma supo que iba a tener que aprender el idioma si quería integrarse.

Habló con Vincenzo de ello una mañana. Estaban desayunando solos porque Gino dormía todavía… y cuando su hijo no estaba allí, la tensión entre ellos era mucho más palpable. Él era la razón por la que permanecían juntos; si se llevaban a Gino, sólo quedaba el vacío.

Emma observó a Vincenzo cortar una pera y empezar a pelarla. Miró esos dedos que una vez la habían vuelto loca de placer y que nunca volverían a dárselo porque ella no lo permitiría.

Su rostro moreno era tan sombrío como de costumbre, aunque le pareció ver un gesto de agotamiento. Quizá ya se había cansado de aquel «arreglo» y estaba empezando a pensar que era un error retenerla allí.

–He pensado que debería aprender el dialecto siciliano –le dijo.

–¿Por qué?

Emma se encogió de hombros. A veces le parecía que no estaba viviendo, sino meramente repitiendo gestos que conocía, que tenía ensayados. Y sospechaba que aquél iba a ser uno de esos días en los que hacer el papel que le habían asignado sería casi insoportable.

–No sé, por hacer algo. Y será necesario si tengo que relacionarme con la gente de aquí.

Esas palabras fueron como un golpe en la cabeza y, de repente, Vincenzo se sintió como si saliera lentamente de un sueño; o de un estado de coma.

Parpadeó mirando a la mujer que tenía frente a él, sus preciosos ojos azules vacíos, los labios que ya no podía besar mostrando una sombra de sonrisa. No podía soportarlo, no podía soportar ser responsable de aquello en lo que Emma se había convertido.

El cuchillo con el que pelaba la fruta golpeó el plato, el ruido hizo eco por todo el comedor.

–No tienes que aprender a conducir ni a hablar siciliano a menos que quieras hacerlo por Gino.

Emma seguía mirando la pera, pensando tontamente que la piel se volvía marrón a toda velocidad.

–No sé de qué estás hablando.

–¿No lo sabes? Puedes irte cuando quieras, Emma. Has ganado. Puedes marcharte cuando te parezca.

–¿Quieres decir…?

–Marcharte de Sicilia, sí.

–¡No pienso dejar a Gino!

–No te estoy pidiendo que lo hagas –suspiró él, pasándose una mano por la cara mientras se le partía el corazón al pensar que tendría que decirle adiós a su adorado hijo–. Puedes llevarte a Gino contigo. Lo único que te pido es que me dejes verlo tantas veces como quiera. Y que lo dejes venir a Sicilia para conocer no sólo a su padre sino esta isla que es la de sus antepasados.

Emma lo miraba, estupefacta.

–Estás intentando engañarme otra vez, ¿verdad?

–¿Engañarte?

Ella asintió, con el corazón acelerado.

–Sé lo que va a pasar. Dejaré que lo traigas para pasar unas vacaciones y me lo robarás. Lo retendrás aquí como me estás reteniendo a mí ahora… y no podré recuperarlo nunca. Eso es lo que estás planeando, ¿verdad?

Después de eso hubo una larga pausa y cuando Vincenzo habló, lo hizo como si cada palabra pesara como una piedra.

–¿De verdad me crees capaz de tal cosa?

–Tú me has creído capaz de cosas peores –le recordó Emma.

Sabía que Vincenzo adoraba a su hijo, con ese fiero pero paternal amor de los sicilianos. Y pensó entonces en el amor que Gino sentiría por él algún día, por sus padres. Imaginó las lágrimas de confusión de su hijo si Vincenzo no le permitía ver a su madre y supo que no sería capaz de hacerle daño de esa forma.

–Pero yo no soy como tú, yo no pienso siempre lo peor de los demás. Sé que no serías capaz de hacerle tanto daño a nuestro hijo.

Que dijera eso, que fuera tan considerada después de cómo la había tratado lo convertía en un canalla. Y Vincenzo sintió como si alguien estuviera clavándole un puñal en el corazón.

—Dime cuándo quieres irte y tendré el avión preparado.

¿Cuándo quería irse? Recordando su promesa de no mostrarse vulnerable y deseando marcharse de allí con el orgullo más o menos intacto, Emma se levantó para acercarse a la ventana.

Pero tuvo que mirar el jardín a través de las lágrimas.

—Creo que debería marcharme lo antes posible.

Porque de ese modo el dolor sería menor. Una partida rápida sería lo más fácil para todos, sobre todo para ella.

—Si eso es lo que quieres —añadió.

De repente, el corazón de Vincenzo pareció explotar con unos sentimientos que llevaba toda la vida ocultando, como había ocultado el dolor por la muerte de sus padres. Y, por un momento, pensó que sería más fácil si ella se iba. Le diría que sí para que saliera de su vida y así dejar de sufrir de una vez.

Pero algo en la resignada postura de sus hombros lo hizo pensar. Se daba cuenta de que intentaba disimular el temblor que provocaban los sollozos y, de repente, algo mucho más fuerte que el deseo de escapar del dolor empezó a abrumarlo. Era como una hoguera que hubiera estado encendida desde siempre… como si los sentimientos que él había escondido durante tanto tiempo de repente salieran a la superficie sin que pudiera evitarlo.

–¡No, no es lo que quiero! –exclamó–. ¿De verdad crees que quiero que te vayas, Emma?

–Sé que no quieres que Gino se vaya –contestó ella.

–No, me refiero a ti –replicó Vincenzo urgentemente. Y, por primera vez en su vida adulta, su voz se rompió–. ¡No quiero que te vayas!

Emma se volvió para mirarlo, temiendo que se le doblasen las rodillas y acabar a su pies porque había entendido mal. Estaba hablando de Gino. Sobre su hijo, no sobre ella.

–No voy a evitar que veas al niño.

Pero Vincenzo estaba lleno de emoción, desbordado por el urgente deseo de decirle las cosas que habían estado delante de su cara durante tanto tiempo y que él no había visto porque estaba ciego.

Cuando la tomó entre sus brazos, ella era como una muñeca rota; la luz había desaparecido de sus ojos.

–¡Esto no tiene nada que ver con Gino! –exclamó–. Ya no. Tiene que ver contigo y conmigo. Con mi amor por ti, Emma.

No podía ser. No podía haber dicho eso. Tenía que haber oído mal.

–No...

–¡Sí! Te quiero, Emma, te he querido siempre –le confesó Vincenzo–. He sido un imbécil por tardar tanto en darme cuenta, pero es la verdad. Te quiero, quiero a la mujer con la que me casé, la que me robó el corazón. La que ha tenido un hijo conmigo y ha demostrado ser la mejor madre del mundo. La mujer a la que no quiero perder por nada –añadió fieramente–. Mientras tenga un hálito de vida y un corazón que late dentro de mi pecho no quiero perderte. Pero tú no puedes amarme, ¿verdad? ¿Es demasiado tarde?

La pausa que siguió a esa pregunta le pareció eterna y, sin embargo, terminó en un corto espacio de tiempo. Cuando ella negó con la cabeza.

–No, no es demasiado tarde. Yo nunca he dejado de quererte, Vincenzo. Dios sabe que lo he intentado, pero…

Las lágrimas rodaban por su rostro amenazando con ahogarla y Emma alargó la mano para tocar su cara como si no fuera real del todo. Como si Vincenzo no pudiera estar diciendo esas cosas o mirándola de esa forma.

Pero así era. Todo lo que siempre había querido ver estaba en las morenas facciones del hombre al que amaba, aunque tardó unos segundos más en atreverse a creerlo.

–¡Cenzo! –sollozó.

–No llores, *cara mia* –murmuró él, apretándola contra su corazón hasta que dejó de llorar.

Seguramente era el abrazo más inocente que Vincenzo Cardini le había dado a una mujer y, sin embargo, era el más poderoso de todos. Como la intensidad de las emociones que estaban poniendo su mundo patas arriba.

Se quedaron así mucho tiempo… hasta que

Emma dejó escapar un suspiro ahogado. Y cuando él le levantó la cara con un dedo para apartar una lágrima que se había quedado en su mejilla, juró en silencio que jamás volvería a hacerla llorar.

Emma se mordió los labios, sabiendo que aún había cosas que tenían que decirse para que el pasado pudiera quedar atrás del todo.

–No debería haberme marchado de Roma. Debería haber luchado por nuestro matrimonio...

–Y yo no debería haberme comportado como un tirano, como un imbécil. Si no hubiera dado un paso atrás en el tiempo cuando me casé contigo... he sido un mal marido, Emma, el peor. Así que ya ves, *cara mia*, vas a tener que perdonarme.

Eso era algo que Emma jamás había pensado que escucharía de labios de su marido.

–¿Eso significa que nunca más esperarás que me someta a tu voluntad?

Vincenzo vio una expresión burlona en sus ojos y sonrió, tomándola de la mano para llevarla hacia el dormitorio.

–Una pregunta interesante –murmuró, trazando un círculo provocativo con el pulgar sobre el interior de su muñeca–. ¿Por qué no vamos al dormitorio antes de que se despierte nuestro hijo y lo discutimos apropiadamente, *bella*?

Epílogo

HABÍAN querido organizar una fiesta sencilla, una comida familiar para decirle adiós a Salvatore. Pero para Emma era muy importante porque era la primera fiesta que Vincenzo y ella organizaban como pareja.

Había estado ocupada toda la semana, asegurándose de que el menú fuera del gusto de todo el mundo y que hubiera suficientes flores para adornar las mesas colocadas en el jardín, bajo los árboles.

Salvatore iba a dejar la dirección del viñedo, que Vincenzo se encargaría de llevar a partir de aquel momento. Sicilia era ahora su hogar, donde Gino vivía tan feliz como ellos. Y, con un poco de suerte, pronto llenarían el castillo de hermanitos y hermanitas para él.

–¿Por qué se marcha Salvatore? –le preguntó Emma mientras se miraba al espejo, esperando que el vestido de seda verde no fuera demasiado exquisito para un almuerzo en el jardín.

Vincenzo se encogió de hombros mientras la veía ponerse unos zapatos de ante.

–Está inquieto, *cara*. Ahora que nosotros hemos sentado la cabeza, por fin ha visto las muchas ventajas de la vida de casado y creo que piensa pasarlo bien durante un tiempo… antes de buscar una esposa siciliana.

Por lo que Emma había oído entre las mujeres de la familia, Salvatore ya había salido con unas cuantas.

Sonriendo, puso las manos sobre los hombros de Vincenzo para arreglarle la chaqueta… en realidad no hacía falta, pero le encantaba tocarlo con cualquier excusa. Le encantaba hablar con él, pasar tiempo con él.

Como a Vincenzo con ella. El amor los había liberado a los dos y por fin podían demostrarse su amor sin límites ni cortapisas.

–Deberíamos bajar –le dijo–. Los invitados están a punto de llegar y aún tengo un montón de cosas que hacer. Además, quiero rescatar a Carmela un rato.

–Pero todo está listo y tú sabes que a Carmela le encanta estar con el niño. Además, hay algo que quiero enseñarte.

–¿Ah, sí? ¿Qué es?

–Primero tengo que decirle a mi mujer lo preciosa que está y cuánto la quiero y luego…

–¿Y luego qué?

Vincenzo sonrió, esa sonrisa llena de amor y sensualidad que ella conocía tan bien.

–Y luego tengo que darle… esto.

Cuando vio el anillo que estaba poniéndole en el dedo, Emma parpadeó rápidamente. Y no sólo porque fuera un precioso solitario de diamantes que brillaba como el Tirreno, sino porque las lágrimas que asomaban a sus ojos amenazaban con arruinar su máscara de pestañas.

–Oh, Vincenzo…

–¿Te gusta?

–Me encanta. ¿Cómo no iba a gustarme? ¿Pero por qué me lo has comprado ahora?

Él sonrió, con ojos suaves e indulgentes.

–Porque te quiero más que a nada en el mundo. Porque eres mi mujer y mi alma gemela y la madre de mi hijo. ¿Ésa es razón suficiente, *cara mia*, o quieres más? Porque tengo un millón de razones que darte… y otro millón más.

Emma estaba demasiado emocionada como para hablar, así que le echó los brazos al cuello y lo apretó como si no quisiera soltarlo nunca… y nunca lo haría.

Porque el amor que compartía con Vincenzo Cardini brillaba más que las estrellas incandescentes que colgaban cada noche en el hermoso cielo siciliano.

Bianca™

**Su orgulloso y apasionado marido…
la chantajea para que vuelva a su cama**

Cuando el marido siciliano de Emma descubre que ella es estéril, su matrimonio se rompe. Luego, de vuelta en Inglaterra, Emma descubre que ha ocurrido lo imposible… ¡está embarazada!

Pero la vida como madre soltera es muy difícil e, incapaz de pagar las facturas, sólo tiene una opción: Vincenzo.

Ahora que sabe que es padre, Vincenzo está decidido a reclamar a su hijo y volver a Sicilia con él. Pero si Emma quiere seguir con el niño, deberá volver a sus brazos y a su cama.

El hijo del siciliano

Sharon Kendrick

Lo que el dinero no compra

Shirley Jump

La dama de honor se iba a convertir en la novia

Susannah Wilson, la principal dama de honor en la boda de su hermana, había concentrado todos sus sueños en hacer el viaje de su vida. El único problema era que su corazón empezaba a estar ocupado por un guapísimo extraño.

El multimillonario testigo del novio, Kane Lennox, intentaba escapar de las asfixiantes expectativas de su vida en Nueva York, pero saliendo con Susannah se estaba saltando todas las reglas.

No había sitio en su apretada agenda para los finales felices y, sin embargo, no podía apartar los ojos de ella. Por primera vez tenía algo que el dinero no podía comprar: una mujer que lo amaba por sí mismo.

Deseo™

El hotel del engaño

Charlene Sands

Vanessa Dupree soñaba con trabajar en el lujoso hotel situado en Maui, una isla hawaiana. Trabajar allí significaba que podría llevar a cabo la dulce venganza que había preparado para Brock Tyler, el despiadado magnate propietario del hotel. Vanessa destruiría su negocio para vengarse de lo que él le había hecho a su familia.

Pero aquel hombre atractivo y peligrosamente encantador comenzaba a sospechar de su nueva mano derecha. ¿Sería ése el motivo por el que intentaba seducirla, dificultando que se concentrara en su venganza?

Sabotaje y seducción

¡YA EN TU PUNTO DE VENTA!